ちくま文庫

大穴

団鬼六

筑摩書房

目次

大穴

朝からすさまじい風、激しい雨が降りそそいだ。南方海上でもたついていた風速五十米の台風が次第に北上し、近畿地方に迫って来たのである。

午後になると風雨はますます激しさをくわえ、ここ大阪北浜の各証券会社、そして各商品の取引仲介店の内部は無気味な重苦しい空気に包まれ出した。とくに穀物の仕手（思惑売買の対象になっている花形銘柄）が急激に荒れ出すのではないかと、その気配を感じとった素人客は、早朝からこの風雨をおかして、仲買店の店頭に殺到し、殺気を帯びた眼を売買出来値表に向けている。案の定、小豆が急騰しはじめた。

「二カイ三カイ四カイ！　四カイ五ヤリ！」

後場の立会いがはじまり、取引所における売買の競り声が拡声器を通じて、店内に大きく響き渡る。

朝の寄付《よりつき》に、五千九百円ではじまった小豆先物が、前場大引では六千円丁度で大引け、それが後場の寄付にはさらに強張《つよば》って、六千四十円カイ五十円ヤリという高気配である。

卓上におかれてある電話は一台も空いていない。営業部の男女社員も緊張の故かふと青ざめた表情で、各受持ちの顧客のもとへ、この後場の気配を通報している。ある地方では堤防が決壊、ある地方では床下浸水何軒などと台風被害のニュースは刻々に入ってくる。

「当限、三枚買い！　先物五枚！　成行買い！」

と受話器二つを両耳に押し当てている営業部員の癇高《かんだか》い声につづいて、あちらからも、こちらからも、

「先物一枚買い！　二枚買う！」

などと稲妻のようにマバラ来客筋の買注文が殺到する。

「四カイ五ヤリ、五カイ六ヤリ、六カイ七ヤリ！」

相場はますます高気配を報じている。

「成行でかまへん、五枚買いや、五枚買いでっせえ」

などと噛《か》みつくように場電（注文受付の卓）へ人々は押しかけるのだが、

「あわてて買う時やないと僕は思いまんな」

と素人客の無謀な投機を制御すべく自称ベテランの店の外交員はいう。

「そら、この颪が北海道に向かっとるのやったら、面白おまっせ、そやけど今のところ何処《どこ》へ吹いていきよるのか、雷にでも聞かなさっぱり見当がつきまへんやないか」

小豆の主産地北海道にこの大風が猛威をふるい出せば、たしかに小豆相場はますます急騰するに違いないが、逆に日本海を抜け、シベリヤ方面に去ったとなると期待外れの反動安ということも考えられる。現在の騰《あ》げ相場は、いわば勢いだと人にさとしているのである。

だが、台風が北海道に上陸してから買いついてはおそい、相場師なら投機的活眼を今こそ生かして事前に勝負し、大穴を狙《ねら》うべきだと、わずか一枚か二枚の建玉《たてぎょく》なのにうんと腹に力を入れ、

「おっさん、小豆先物一枚買い増しや！　買い増しでっせえ」

と頭のてっぺんから声を出して、営業課の係員にどなったりしている客がある。

また、ある客の一人は、――成程、外交員のジジクタのいう通り、風の行方をしばらく冷静に眺めているのがかしこい――と店内のベンチに坐《すわ》り、しばらく相場は見送りやとすまし顔で煙草《タバコ》をくゆらしはじめたが、目の前で、七枚買い、八枚買い、といかにも自信ありげに買い一本で突き進んでいる客を眺めているうち、何だか今やらねばやる時がないような血走った気分になってきて、あわてて立上り、はっきりわけのわからぬまま うろたえて建玉してしまうのだ。

また、猫も杓子《しゃくし》も走って行くその反対を走りたがるある客の一人は、人の行く裏に道あり花の山、などと口の中でブツブツいってたが、大阪城の瓦《かわら》が一枚風で吹き飛んだと

いう噂《うわさ》をふと耳にし、——ああ、これは、この相場悪しというおさとしだ——とようやく決心して、人混みをかきわけて体をのり出し、ニヤリとして、

「すんまへんけど、小豆一枚売ってくれはらしまへんどっしゃろか」

と営業課の係に小声でいうのもあった。

誰もが狂気じみた場の空気に迷ったり惑ったりして、右往左往しているその人混みをかきわけるようにして、営業課の窓口にやって来たのは、角帽をかぶった二人の学生である。

「小豆先物五十枚売ってんか」

と学校鞄《かばん》の中から五十数万円※の証拠金を出してポンと前におくのであった。

「お宅、この店、はじめてだんな」

と係員は忙しくソロバンをパチパチはじき、その札束を指にはさんでピシャリピシャリと数えながら、チラチラ横目に二人の学生を見ていった。

学生が相場をはりに来るのは珍らしくないけれど、五十何万という現金を一度に積んで勝負に来る客はそうざらにない。それに大抵の客は、この大風で穀物の暴騰を見越して買いに出るのに、この学生二人は売り一本で立向かってくるのである。

手続きをすますと、二人の学生は余裕綽々《しゃくしゃく》とした態度で店内のベンチに坐り、取引

※昭和三〇年当時の国家公務員（高卒程度）の初任給は五九〇〇円

出来高がせかせかと忙しく書かれていく黒板を眺めながら煙草を口にするのであった。

何のためらいもなく、いかにも自信たっぷりな態度で五十数万円の現金を「売り」に賭《か》けたこの学生二人に対し、周囲の人々は、ありゃただ者やないと一種の敬意を表して、

「えらいきつい嵐《あらし》でんな、今日は学校は休校でっか」

などとお愛想めいた口ぶりで、ぞろぞろ近づいて来るのであった。

切れた旦那《だんな》の手切金を元手に、ここで相場をやっている北新地の一人の芸者は、

「うち素人やさかい、ここで売るのか買うのかようわかりまへんのだす。ちょっと、お兄さん、うちに相場のはり方、教えてくれはれしまへん？」

とニッコリえくぼをつくって体をよせつけて来ると、マッチをすって二人の口にした煙草に火をつけはじめた。

「いや、僕も小豆相場をやるのははじめてなんや」

と、背の低い小肥《こぶと》りの大学生は、目をくりくり動かしていった。

背が高くてちょっと神経質そうな、連れの大学生の方は、そんな人々に超然としたように黒板を見つめたり、罫線《けいせん》を描《か》いたりしている。そして、描き上げた罫線を小肥りの大学生に見せるのである。すると、小肥りの大学生はウンウンとうなずき、罫線を指して、この線を抜いて来たら、もう十万円追討ちをかけてんか、と教えるようにいうのであった。「わかりました」と背の高い大学生はうなずいて、ふたたび黒板と罫線とをに

らみ合わすのである。どうやら、この二人は同僚ではなく、先輩と後輩らしく、社長とその秘書といった感がする。

鳥井耕平《とりいこうへい》が二年上級の大崎恭太郎《おおさききょうたろう》を知ったのは、彼が大学へ入って二年目、そろそろ学校をやめようかと考えていた頃である。

憲法の講義の時間であった。耕平はアルバイトに毎夜おそくまで筆耕の仕事をやっているため、すぐうとうと居眠ってしまうのが教師の眼にうつるのを恐れて、階段教室では一番うしろに陣どるのが癖であったが、彼と同じようにきまって一番うしろに席を占め、本を机の前に立てておき、教師に顔が見えぬよう努力している学生があった。それが大崎恭太郎である。

大崎恭太郎は四年生であったが、つまり卒業単位が足らぬので、一二年の合併授業に混って教養課目である憲法の授業に出ていたのであった。だが、立てた本の下でごそごそペンを動かしているのは、講義のノートをとっているのではなく、株式新聞を前にして、せっせと相場の罫線を描いているのである。

耕平が不思議そうに彼の仕事を見ていると、彼は耕平の視線にふと気づいて、エへへへと妙な笑い方をし、照れ臭そうに罫線用紙を鞄の中へしまった。そして講義する教師の方に気をくばりながら、耕平の方へ体を近づけて来たのである。

「君、えらい厚かましいことをいうてすまんけど、一ペン憲法のノートを貸してくれや、俺何にも書いとらんのや」

といい、「そのかわり今日食堂でトンカツおごったる」とつけ加えるのであった。

耕平は苦笑しながら、

「今までの分でよかったら、僕のノートも本も進呈しますよ」といった。

恭太郎の机の前に立ててある本は憲法の教科書ではなく、江戸川乱歩《えどがわらんぽ》の探偵小説で、耕平はふとそれに気づいて、本を進呈するといったのである。

「えらいすんまへんな、ほな、わけてもらうわ」

わけてもらうとは金を支払うという意味だが、

「お金なんか結構ですよ、どうせ僕は近々に学校をやめようと思っているのですから、もうこんなものは必要ないのです」

「そら何でや、何で学校やめるねん」

と恭太郎が頓狂《とんきよう》な声をあげた時、

「何しゃべっとるのか、しゃべるなら講義の邪魔にならぬよう黙ってしゃべれ」

と憲法の教師ははるか下方の教壇から指をこちらへ向けてどなった。

——その講義が終ると、恭太郎は辞退する耕平を無理やり引張るようにして、学生食堂へ行きトンカツをおごるのであった。

「じゃ、遠慮なくいただきます」

ナイフとフォークを使い出した耕平に恭太郎は、

「さっきの話やけど、何で君は学校を廃《や》めるねん」

と自分も親子《おやこ》丼《どん》の中を箸《はし》でかきまわしながら、

「おしいやないか、あと卒業までの二年位、すぐやぜ」

といった。

「じつは経済的な事情なんです。いろいろとアルバイトはやってみたのですが……」

「何や、そんなことか」と恭太郎は笑って、

「情ないことをいうな、一体君の家は……」

どんな具合になっているのかと聞かれて、耕平はふと顔をそらした。家庭の事情を話せば、自分の気位を傷つけることになると、耕平は急に心が滅入るのである。

——鳥井耕平は妾《めかけ》の子である。母親は東京神楽坂《かぐらざか》の元芸者で、耕平はずっと神楽坂の置屋で育てられて来たのであった。中学へ入った年に、自分の母親が妾という存在であると知った耕平は、その歪《ゆが》んだ自分の宿命から青白くひねくれだし、何かといえば母親に当り出し傷つけた。耕平には京子という妹が一人あり、彼女が女学校へ入った年耕平は、俺とお前は妾の子なんだぞと、妹にも暗い気持を抱かせて母親に対する反撥《はんぱつ》をけしかけるように仕向けたのである。耕平の母親は自分の旦那、いわば耕平の父親に、こう

した子供のねじれ方を説明し、相談を持ちかけた。

「たしかにこういう環境においておくことはよくない。京都か大阪の大学へやることだな」と月に二度か三度しか現われれぬ耕平の父親の意見で、彼は高校を卒業すると追い出されるように大阪の大学へやらされたのである――

「ほな、仕送りは充分あるわけやろ」

大崎恭太郎は妙にこの耕平が気に入ったと見え、学校のかえりに南へ出ようと、しつこくさそい出し、道頓堀《どうとんぼり》へ出ると「フロリダ」という酒場へ彼を連れこんで、うるさく彼の身の上話を聞きたがるのであった。

「いいえ、僕が大学へ入って三ヶ月程たった頃父親はなくなりました。母は今は別の旦那といっしょになっているのですが、これは職工あがりのケチな実業家で、子供に大学教育など受けさす必要がない、すぐ呼び戻して俺の会社で働かせろと、母親にいったそうです」

「それでピタリと学費の送金が止まったわけか、ケチな男やな」

「母親からは何度もとにかく一度帰って来いという手紙が来るのですが……」

「意地でも君は帰りとうないのやろ」

「はあ、だけどアルバイトだけでは生活はともかく学費までは捻出《ねんしゅつ》出来ませんし……」

「けつを割りかけてるちゅうわけやな」

「はあ」

耕平は次々とすすめられるハイボールに少し酔いがまわって来たとはいえ、今日はじめて口をきいたばかりの先輩に自分の身の上を語ってしまったことに、ふと後悔めいた気持になり、苦々しい顔つきになった。

耕平はカウンターの上のハイボールのグラスを手にとり、じっとその色をすかすように眺めた。拭込《ふきこ》んだ格子戸がずっとならぶどれもが同じ家造りの神楽坂の置屋がふと耕平の脳裡《のうり》をかすめた。その中の一つが彼の育った家で、耕平のところはいわゆる枕《まくら》芸者、不見転《みずてん》を使っていたのである。夜更けてあちこちの待合から電話がかかってくると、奥の六帖《じょう》にうたた寝をしていた彼女達は耕平の母親に起され、素早く化粧して、朝の着がえを風呂敷《ふろしき》にくるみ、それじゃお母さん、行って参ります、と耕平の母親に挨拶《あいさつ》して出かけて行く。そうした小柄な彼女達の表情を耕平は一つ一つ思い出している。

「何や知らんけど憂鬱《ゆううつ》そうな顔をしとうすな」

ふと気がつくと耕平の隣のスタンドに白地に横段模様のついた着物をすらりと着こなし、銀鼠《ぎんねず》色の無地の帯をしめた女給が坐って、京都弁で彼に話しかけて来るのであった。

そして、濡《ぬ》れたような肩まで垂れている長い髪の毛を手でさばきながら、

「お宅、東京生れどっしゃろ、東京と大阪とどっちが住み易《やす》うおす」

「同じようなものですね」

耕平はそういいながら、ハイボールのおかわりで口をしめらせた。

大阪へ出て来てからは、神楽坂の生活のように陰険な重苦しさはなかったが、いかにも物質の原則に基く都市という現実感が大きく身にこたえ、彼のような弱々しい陰をもった青年などは何だか相手にされないといった感じで、一種の落伍者《らくご》と見なされてしまうような激しい手きびしさを感ずるのである。そういう中にあったが、彼はキャバレーのボーイ、野球場のアイスクリーム売り、臨時の雇われ人足などのアルバイトを転々とつづけて来た。アルバイトという意味の他に自分の暗い宿命に対する一種の挑戦だとばかり、必死に働いてその中に心の慰めを求めようと努力したのであるが、気持はそうでも色街に育てられた華奢《きゃしゃ》な虚弱な肉体がなかなかいうことを聞かない。自分という人間は、ふてぶてしい商業都市大阪の中ではいかにもろい頼りない人間であるかということを、このところ耕平は思い知らされているのであった。要するに前々から耕平の持っている雰囲気の故でもあるが、生来の陰気な性質の上に、生活の軋轢《あつれき》から生じた皮膚のたるみが鈍い日の光などで如何《いか》にも敗残者めいて、これまで友人らしい者も出来ず、大崎恭太郎のように磊落《らいらく》な調子で話しこんで来られると、とまどってしまうのである。それでいて、かなり酩酊《めいてい》してくれれば、ふとこの先輩の豪放な明るさにすがりつきたいような女心にも似た頼もしさを覚えてしまい、自分の身の上話などくどくど語り出してしまったのだが、そうした快い自分の一時の興奮さえも酒の酔いが醒《さ》めれば、ああ、つまらぬことをしゃべったものだと後悔のために相殺されるに違いないのだ。

「失恋でも、おしやしたんどすか」

朱美《あけみ》という隣に坐っている和服の女給は、陰鬱に黙りこくってしまった耕平を気にして声をかけるのであった。

すると、恭太郎が、

「鳥井君、元気を出せ、君の学費位、俺が何とかしたるわいな」

と声をかけてくる。

三百二十円の本代が痛いと憲法の教科書一冊買ってないような学生であるのに、人の学費の面倒を見るなど少し酒が入っているとはいえ、大きなことをいう先輩だと耕平は苦笑しかけたが、学生の分際で、しかし、こんな高級な酒場へ出入りしている彼がふと不思議に思えた。

「学費位のこと、あんた、大崎さんに何とかしてもろたらよろしおすがな、くよくよしたらあかんし」

と隣の朱美がまた耕平にいった。と、いうところをみると、この大崎という人物はかなり裕福な家庭の息子だろうかと、耕平は今日はじめて親しく口をきくことになった、この先輩をあらためて観察しはじめた。

「まあ、学費のことは俺に任しておけ、今更、東京へ帰って何になる。帰るなら学校を卒業して帰ったらええやないか、なあ、朱美、お前かてそう思うやろ」

「そやそや、この人やったら、あんたみたいに、二年も落第するちゅことあれへんし」

恭太郎の隣に坐っているみどりというズボンをはいたヘップバーンがりの女給が、それを聞いてキャッキャッと笑い、恭太郎にビールの栓抜きで頭をこつんとたたかれていた。

「だけど、いくら何でもそんなこと、お願い出来る筋合いのものではありませんし……」

と耕平は、恭太郎のいうことがまんざら冗談でもなさそうなので、少しうろたえて数杯のハイボールに赤く染め出された顔を、しきりにこすりながらいった。

「あんた、学校をやめて東京へ帰りたいちゅうのは、誰ぞええ女子《おなご》さんが待ってはるさかいと違いまっか、図星どっしゃろ」

などと朱美にいわれて、

「いや、べつに、僕はそんな」

と狼狽《ろうばい》したように一層赤くなり、耕平は眉《まゆ》をしかめていうのであった。

「いや、この先輩にまかしておけ、ただし学費を出したるかわりいろいろ条件がある。だが、それはまた明日の話や、今日は一つおもろう飲むことにしようやないか」

と、恭太郎はもうかなりいい気持になってきたらしく、片手を横のみどりの腰のあたりを抱くようにして廻《まわ》し、片手でハイボールのグラスを持ち、ぐっと一息に飲み乾《ほ》して、カチンと大理石のカウンターの上へおくと、ゲエーとげっぷをして、何がおかしいのか、前のバーテンダーの顔を見ながら、ゲラゲラ笑い出すのであった。

こういう高級酒場になると、学生は出来るだけ相手にしないで早く追いかえしてしまうのが普通である。金は使わず大仰に騒ぐと店のムードがくずれ、他の客を不愉快にするだけでも損だと店側では思っているからである。だが、この恭太郎はたしかに特別待遇であった。朱美はこのフロリダのナンバーワンであったし、みどりもかなり多数の客を持っている女給で、それが、この角帽をあみだにかぶった背の低い大学生の御機嫌をチヤホヤ取っているのだから、大崎恭太郎はこの店にとってはかなりいい客であることがうかがわれる。

恭太郎はふと腕時計を見て、あ、もう時間や、といった。宗右衛門町《そえもんちょう》のキャバレーで、商売関係の友人と待ち合わせしているのだが、「君も、どや、僕につき合わんか」と彼は耕平に聞くのである。

「いや、僕は筆耕の仕事が残っていますから、家へ帰らせてもらいます」

「そうか、ほな、もうちょっと、ここで遊んで行けや、俺はちょっと、商談に出かけて来るさかい」

といって、恭太郎は千円札を五枚耕平に渡し、

「ここの勘定払うて、釣り銭の分だけ飲んで行ってくれ」

というのであった。

「いや僕も、もうこれで帰ります」

「まあ、よろしおすやないの」

と朱美が耕平をひき止めた。

みどりも、今日はお店閑《ひま》やさかいサクラのつもりでゆっくりして行ってえな、と甘えるような声を出して耕平の手を握るのである。

「ほな、朱美とみどり、鳥井君をよろしゅう頼むわ、ほな、ほな、俺、ちょっと行ってくるわ」

と恭太郎はスタンドから降り、とにかく明日学校の時計台の前で一時に逢《あ》うことにしようと耕平の肩をポンとたたいた。

そして、またお近いうちにね！　きっと来るのやし！　と女達に声をかけられながら、恭太郎は扉を開けて出て行こうとしたが、ふと振り返って、

「鳥井君、この女達にたかられんよう気ィつけなあかんぜ、チップなんかやったらあかんぜ」

と声をかけた。

いけず！　好かん蛸《タコ》！　と今度は女達にどなられて恭太郎はニヤニヤ笑いながら、外

へ姿を消して行った。

彼が去ってしまうと、朱美は、「東男《あずまおとこ》に京女」と唄《うた》うようにいいながら、耕平の傍《そば》へ体をぐっと近づけて行き、頭をカルメンに出て来るエスカミリオのようなかかり方にしている前のバーテンダーにピンクレデイ二つにハイボールのダブル一つ、と注文した。

「いえ、僕はもう――」

「まあ、よろしゅおすがな、どうせ大崎さんが払わはるのやさかい、遠慮せんと飲みまひょ、なあ、みどりさん」

「あいな」

と、みどりも耕平の傍に体をぴったりとよせて行き、〽赤い灯、青い灯、道頓堀の――と随分古い流行歌を音程の狂った調子で、唄い出した。

「じつは、僕、今日はじめて大崎さんと知り合ったのですが、あの人は自分で何か商売のようなものをやっているのですか」

耕平が朱美に聞くと、

「あの人ですか、ええ、大穴ばっかり狙うてはりまんね」

「大穴？」

「まあ、バク才があるのどすな」

「バク才？」

「バクチの才能どす」

次にみどりがかつて大崎に連れられて競馬場へ行った時のことを話し出した。

恭太郎は第一レースからずっと第八レースまで大穴ばっかりを狙ってすりつづけたが、次の障害レースに、おい、みどり、お前、帰りの電車賃だけは残しておけよ、といって、ちょっとちんばをひいているように見える腐り馬に残り金全部を賭けたところ、人気馬が四頭も同じ障害でバタバタ落馬し、そのあとからペタポタと大崎の賭けたちんば馬が追いついて来てゆっくりとゴールインし、単勝二万円の大穴をつけたということだ。

「何せ、ここぞと思うたら、あの人、ほんまに大きな勝負に出やはりまっせ、そういう時の眼の色いうたら、ちょっとこわいみたいでっけどなあ」

とみどりはいった。

「大崎さんの御両親は、こっちにおられるのですか」

耕平は妾の子という日陰者めいた気分の生活を送って来ただけ、人の両親というものに何となく興味を持って知りたがる癖があった。

「さあ、はっきりは知りまへんのどすけど、何せあの人が小学校へ行かはる前に、両方とも死んでしもうたということどっせ」

と朱美はいった。

「ほんなら、あの人、誰にこれまで面倒見てもろてはってんやろ」

とみどりが朱美に聞く。

「滋賀県に親戚《しんせき》があって、そこから高校まで学費の面倒を見てもろたというてはったけど、大学へ入ってから田舎の送金断わって自分の力でやってはんねん、周旋屋とかブローカとか、何せいろいろな商売やって来やはったけど、一億円もうけるというのがあの人の理想や」

「へえ、一億円」

みどりはどんぐり眼をくりくり動かした。

「そやけど、あの人、若いのにしっかりしてはるしィ、ほんまに一億円もうけはるかもわかれへんしィ」

と、朱美はみどりの顔をじっと見つめるようにしていうのであった。

大崎恭太郎は将来、大物になる人物だと彼女達は彼の若い勝負師としての意気に非常な魅力を感じているようである。みどりの語った競馬の一件にしても、彼は持金の全部をはたき出して、最後まで大穴を狙うという英断心と気概とで賭に臨んでいる。全身を張って勝負をする男の姿は男の眼にも魅力的で、何ともいわれぬ頼もしさを感ずるものだ。耕平は子供の頃から勝負事など見るのも嫌で、今にいたるも碁将棋麻雀《マージャン》などもついに覚えずじまいであった。取柄といっては糞真面目《くそまじめ》だけで、それに考えればけちくさい感懐だが、妾の子という宿命的な暗さを自分で心にわだかまらせている。何となくわざと日陰の道を選んでビクビク歩いて来たような自分が、大崎恭太郎の前では吹けば飛ぶようなみっともない存在に思われだし、そこで耕平はまた新たなやり切れぬ憂鬱な気分にくよくよしてしまうのであった。

それにしても、あの敏腕を自負するいわば策士でもある大崎恭太郎が、どういうわけで自分のような何の取柄もない脆弱《ぜいじゃく》な人間を救う気分になったのか、耕平は解釈に苦しんだ。とにかく明日、学校の時計台の前で逢えばわかることだが、耕平はふとこわいような気持になった。

翌日、耕平は学校の時計台の前へ一時少し前に来て恭太郎を待っていた。

「緊急学生大会を開きますから、皆さん、中央講堂へ御参集願います」

と応援団の幹部達がメガホンを持って、校庭の芝生の中をどなり歩いている。

メーデーの時、それに加わっていた本校空手部の学生が、弾圧を加えようとした警官数人に空手チョップを喰《く》らわし、その学生をつい最近警官が学校内に踏みこんで検束していった事件と、もう一つは最近犬とりが学校内にのこのこ入りこんで来て、学生食堂の経営者が飼っている赤犬を二匹つかまえて行った事件が起り、警官や犬とりが勝手に学校内に侵入する不届きをとがめる意味の学生大会を開くことになったのである。

応援団員に催促されて、ぞろぞろ講堂へ入って行く学生達を見ていると、

「よう、おそうなってすまん」

と恭太郎が校門の外からかけつけて来た。

「昨日はいろいろとどうも」

耕平が頭を少しかがめると、

「いや、こちらこそ」

とすぐ恭太郎は鞄を開けて封筒をとり出し、

「これ昨日君と約束した授業料や」

といって耕平の手に握らせようとするのである。

「いえ、僕は、そんな」

あまりに突然過ぎるので耕平はうろたえた。

「遠慮するな、この中には一年分授業料が入ってるさかいな、とにかく早く会計課へ払うとけよ」

と恭太郎はいうのである。

耕平は何だか鼻のあたりがジーンとなった。世の中にはこんな親切な男もいるのかと、ここがまた大阪という女々しい感傷を許さぬ現実主義の都市でもあるだけに、何だか奇《き》蹟《せき》が起ったような気分になった。

「大崎さん、恩にきます」

と鼻をすりあげ、その封筒をおし頂くようにして耕平は内懐へしまった。人にほどこしを受けたという気はずかしさはあったが、大崎のいいつけならばどんな危険な仕事でも俺はするぞと耕平は腹に力を入れていた。

実際、この代償として彼は何を自分に求めてくるのだろうかと、興味がわいてくるのである。パッと頭に浮かんだのは密輸の手先であった。それとも麻薬ブローカの手伝いかな、そんなことを妄想していると、

「君に僕の頼みたいことはやな、代返や」

と恭太郎はニヤリとしていうのである。つまり、俺の選択している授業に君が出てくれる、ただこれだけでええのや、と恭太郎の頼みとはこうである。

――いよいよ相場が動きはじめたさかい、俺はこれから学校をずっとさぼって北浜通いをせんならん、気になるのは授業のことや、もう俺は出席日数の不足で二年も落第しているさかい、何ぼ何でもこれ以上落第することは先祖に対しても申しわけがない。大学へ入る時は金でうまいことといったが、出る時は金ではどうにもならへん、考えれば大学とはえげつないところや、そこで君にお願いしたいことは、君は俺のとってる課目の授業を受けて廻って代返し、ノートを取っておいてもらいたいのや――

これを聞いて耕平はちょっと気抜けした気持になった。あまり簡単すぎる仕事であったからだ。むしろ密輸や麻薬ブローカのようなスリルのある仕事を思い切ってやってみ

たい心境に耕平はふとなっていたのである。

「あまりにお安過ぎる仕事ですよ、それだけで僕の授業料を支払ってもらえるなんて、なんだか、虫がよすぎるように思えるのですが――」

「いや、君が僕のやってる仕事にも協力してくれるのやったら、月給として別に一万円出すぜ」

「いや、月給などいりませんから、どうか大崎さんの事業の手伝いもさせて下さい」

「事業なんてそんな大袈裟《おおげさ》なものやあれへんけど、君が僕の部下になって働いてくれたら、そら僕かて大助かりや、ちゅうて、僕は何もヤバイ仕事なんかやってへんぜ、極めて合理的であり健康的な仕事や」

「はあ、たとえ密貿易でも闇《やみ》ドルの買い占めでも、大崎さんのやっておられる仕事なら、僕は一生懸命に働きます。僕は何とか勝負師大崎さんの体臭を自分の身につけて陰気な自分の影を消してしまいたいのです。僕は大崎さんを尊敬しています。つまり、大崎さんにあやかりたいと思っているのです」

恭太郎は目をパチパチさせながら耕平の口もとを見ていたが、

「あまりそうおだてなはんな」

といってニヤリとした。そして、

「ほな、月給は当分一万円ちゅうことにして、手を打つことにしまほか」

といって鞄を下においた。何をするのかと思っていると、恭太郎は「お手を拝借」といって両手を肩のあたりまであげるのである。耕平もその通り手をあげると、よーい、よい、よい、よい、と恭太郎は手をたたくのであった。耕平もそれに合わせて手をたたいた。

「へい、どうも御苦労はん」

と恭太郎はカッカッカッと笑い、地面の上の鞄を取り上げた。

そこへ応援団の幹部らしいのが二人、通りかかって、「何してるんじゃ、早《は》よう講堂へ入るんや！」とどなって通り過ぎて行った。

「えらそうに吐《ぬ》かしくさるな！」

と恭太郎は彼らの後姿に向かって吐き出すようにいい、しかし、すぐ耕平の方を向いて、

「一ペン、学生大会たらいうもんをのぞいてこましたろか、どうせ、つまらんもんにきまったるけど、やっぱり俺かてこの大学の学生の一人やさかいな」

と耕平をうながし、講堂へ向かって歩きはじめるのであった。

社会問題研究部のキャプテンが講堂の壇上に立ち、警官の職権乱用についての悲愴《ひそう》な演説をやっていた。彼が大拍手に送られて壇上を降りると次に応援団団長が登壇し、

「俺達の学園は犬とりにまでなめられてるんだぞ」

と卓上をたたきだんだんと涙声になって、皆んな、しっかりしてくれよなあ、と悲痛な声でどなるのであった。講堂内にぎっしりつまった学生の中には、この応援団団長の言葉にハラハラと落涙する者もあり、心をゆり動かされた者は急に激しく拍手をしだし、それにつられて場内一斉に拍手がまき起った。

耕平は、やっぱり大学とは頼もしいところだとこうした一種異様な場内の緊張に自分もだんだんとひきこまれていくのであったが、ふと隣の恭太郎の方を見ると、彼は講堂内を埋めている学生達をキョロキョロと首を動かして見廻しているのである。そして彼は耕平の耳にそっと口を近づけて来て、大体見積ったところこの講堂には九百五十人の学生が入る、といい、九百五十人の学生が五十円のハンケチを一枚ずつ買ったとしたら、何ぼの売上げになるかいな、と妙なことを耕平に尋ねてきた。四万七千五百円になりますよと耕平が答えると、うんそうか、と満足そうに恭太郎はうなずいた。

恭太郎は新学期の入学式に、この講堂を一杯にする新入学生へ校歌と応援歌の書いたハンケチを売りつけることを、空想していたのである。人絹のハンケチに校歌、応援歌を染めあげさせるだけならば、原価二十円位までで仕上るはずだ。いくらたっても学生達が応援歌ののみこみが悪く、弱っている応援団本部にわたりをつけて校内で売り出せば、少くとも新入生は皆買うであろうから、最低千枚は売れるだろう。すると三万円の純益が出、耕平に渡してやった彼の授業料はさっと自分の懐へ戻ってくる勘定になると。——つまり、恭太郎の感覚には、壇上の慷慨《こうがい》激越な演説や、場内の若々しい熱気などは少しも感じられず、あらゆるものを自分の商売のために利用しようとする観念が先にたってしまうのであった。

——学生大会が終ると、恭太郎は耕平を誘ってまた梅田へ出た。

「一応、僕の住所を君に教えておきまっさ、これから何やと連絡してもらわんならんさかいな」

と恭太郎はいって、タクシーを止めようとしたが、ふと腕時計を見、

「何か、えらい中途半端な時間やなあ、そや、そのへんでちょっとパチンコして行こ」

そういって恭太郎はスタスタ先に歩き出した。

梅田新道東側一帯の繁華街をぶらつくと、おびただしいパチンコ屋が続いている。一時は朝鮮ブームと繊維景気でこのあたりには、社交サロンや酒場などが目白おしに居並び、恐ろしい程の盛況ぶりをしめしたものだが、それも段々と下火になり、今はそのほとんどがパチンコ屋に模様がえをしているのである。景気の良し悪《あ》しにかかわらずすたれぬのはパチンコ屋だけのような感がする。

「客の入っとる店でないとあかんぜ、正直なもんで玉の入らん機械並べると店には人は寄りつかんもんや」

という恭太郎の講釈を聞きながら、耕平は彼といっしょにパチンコ屋の店内をのぞきのぞきして歩き、人いきれで活気づいている店を選んで入った。

玉売口で恭太郎は百円でパチンコ玉を買い、その半分を耕平の手に握らした。空いてる機械に耕平が寄りかかり出すと、恭太郎は、あかん、あかん、と止め、

「煙草の吸殻がようけ落ちたる所を探すのや」

と言うのである。つまり、煙草の吸殻が沢山落ちているということは、客がそこでねばっていたということで、客がそこでねばっていたということは、その機械には玉がよく入っていたという結論になる。そう恭太郎に教えられて、それも一理あると耕平もうなずき、彼といっしょに犬が地面を嗅《か》ぐような恰好《かっこう》をして煙草の吸殻を探して廻った。

ふと条件にかなった空いている機械を見つけた耕平は、あわててそれにしがみつき、玉を入れてはじいてみると、成程、三、四発目には穴に入ってチーンジャラジャラと小気味よく玉が流れ出してくる。思わずニヤリとして、恭太郎の行方を探すと、彼は受け皿からあふれ出るまで玉を貯《た》めて殺気めいた目つきになっている客のうしろに立っては、その機械の番号を手帳にひかえて廻っているのである。というのは、彼はひょっとして、もう一度この界隈《かいわい》を後で通りかかることになるかも知れぬから、その時、もし手帳にひかえた番号の機械が空いておれば、この店へ入ってパチンコをする魂胆だと思われる。

（ちなみに、一日おけば入る機械入らぬ機械は、釘《くぎ》一二本の調節で店の者達にすりかえ

られてしまうから、こういう手段はその日限りということを記憶さるべきである）

そうした用意周到な恭太郎の態度を耕平は横から見て、成程、大穴を狙う男とはパチンコの穴一つ狙うにしてもこれ程繊細な神経を持っているものなのかとあらためて感心するのであった。

二三軒のパチンコ屋を廻って景品の煙草をしこたま儲《もう》け、ほっとした気分で外へ出た。

さあ車代がういた、と恭太郎は上機嫌で大型タクシーを止めて耕平をせきたてて乗りこみ難波《なんば》へ走らせた。

難波は南海電車の起点、大阪の北と南を結ぶ大街道御堂筋《みどうすじ》の終点である。北は千日前から道頓堀、南に大阪球場、体育館、いわば、難波は大阪第一の歓楽街の玄関である。

そうした雑踏の街の中にある汁粉屋の二階が恭太郎の下宿であった。

六畳と八畳の二間の二階を全部借り切っていて、八畳の方の床には掛軸、置物、屛風《びょうぶ》、黒ぬりの卓、そして電話などもキチンと型通りにおいてあり、襖《ふすま》、畳なども破れ目や汚れ目のないじつに清潔な堂々とした日本間である。

六畳の方には青い絨氈《じゅうたん》がしかれ、Ｗベッドにテレビ、ラジオ、丸いテーブルをはさんで安楽椅子《いす》、白い壁には洋画の額がかかり、何《どれ》もが調和よく配置された洋室になっている。ただ外の雑踏が手にとるように聞こえてくるのと水色のカーテンを除いた窓からは、大阪劇場を中心とする映画館や大衆食堂、大衆酒場などの屋根が迫ってくるように眺められ、いかにも歓楽地のどまん中にいるといった環境が玉に瑕《きず》だが、本人にしてみれば、こうした環境に愛着を感じてわざわざこの場所をより好んでいるのかも知れない。それにしても、この住居はいくら金があるからとはいえ、学生一人の下宿とはどうしても受取れぬ豪華さを感じたので耕平は、

「奥さんがおられるのですか」

と、恭太郎にすすめられた坐ぶとんに坐るといった。

「奥さん？　阿呆吐《あほぬ》かせ」

恭太郎は笑いながら、卓の上の電話の受話器をはずすと近くの食堂へ、カツドン二丁、急いで持って来てんか、と注文するのであった。

「目のさめるような大穴を当てるまで俺は女房なんかのこと、考えんつもりや、第一、俺はまだ学生やぜ」

「だけど、ここの座敷の掃除なんかは、何だか女の人がしたような気がしますね」

耕平は、ニヤリと眼を動かして、少しからかうような口調でいった。耕平は芸者屋に育って来ただけに、部屋の中のつくりや日々の掃除などが、男の手でなされているものか女の手によるものか敏感に嗅ぎ分けることが出来るのである。

「下の汁粉屋の娘等《ら》が毎日交代でしてくれよるねん」

「はあ」

耕平はちょっと気の抜けた返事をし、

「だけど大崎さんには恋人は沢山いるのでしょう。第一、隣のWベッドが怪しいじゃありませんか、フロリダの朱美さんですか、それともみどりさんかな」

ひやかすような調子でまた耕平は二ヤ二ヤ目を動かしていった。二十代の若さで、しかもまだ学生でありながら、すでにもう実業家めいた貫禄《かんろく》を身につけている彼である。男でもふと頼もしくなるようなふてぶてしい生活力を持った彼に、まして女は将来性のある彼の愛情を得ようと必死にすがりついて来るのが多いに違いないと、耕平は羨望《せんぼう》とお愛想とを交えた調子で、

「先輩、別に隠すことはないじゃないですか」

「いや、ほんまに恋人はおらんねん、そやけどセックスの相手やったらなんぼでもおるぜ」

と恭太郎はいとも簡単に言ってのけた。

「僕の考えはやな、ちょっとデカダンやけどな」

と恭太郎がつけ加えていうのには、

「俺は十万円もうけたら十万円程度の女を作るんや、百万円もうけたら百万円程度の女を作るという主義やねん、君ィ、考えてみい、僕は君みたいに男前やあれへんし、金持ってなんだら一文の値うちもない男や、――いや、お愛想いうてくれるな、これは自分

が一番よう知ってるこっちゃ、フロリダの朱美にしてもみどりにしても俺が金持っているということを見込んで何やかんやとモーションかけてきよるねや、こんな女等を相手にするなんて考えたら阿呆らしい話やぜ、阿呆らしいとわかってるねやけど、やっぱり俺かて助平やさかいな、あのくだらん女等に金使《つこ》うて二人とも関係してこましたったんや」

「二人とも関係したのですか」

耕平はあきれた顔をしていった。そういえば昨日恭太郎につれられてフロリダへ行った時、朱美とみどりは、ふと視線を合わすごとに何となく陰険な火花を散らしていたように思われる。

「あいつ等、安もんやぜ、朱美の方は五万円でＯＫ、すぐ勝浦の温泉行きや、みどりの方は三万円で話がついて有馬の温泉行きや、何せ今日日《きょうび》の水商売やっとる女ちゅうもんは、大概そんなもんやぜ、まあ考えたら可哀《かわい》そうなもんや、一見、隙《すき》のないように見せかけてけつかるけど札束をまるめてチョコチョコとくすぐったら、キャッキャッと嬉《うれ》しがりよる」

「はあ」

耕平はポカンとした顔つきで恭太郎のいうことを聞いていた。

そこへ階下から薩摩絣《さつまがすり》に赤だすき、赤前垂れの汁粉屋の女給仕が、「カツドンの出前が来ましたえ」と盆にのせて運んで来た。

「ようお越しやしておくれやした」と彼女は耕平におじぎをし、カツドンを二人の前へ並べてお茶を入れると、どうぞ、ごゆっくり、と頭をちょっと下げ、次にはもう鼻唄を唄いながら尻をシネシネ動かして階段を降りて行った。その後姿をじっと恭太郎はにらむように見て「あらもう男知っとるな」とつぶやくようにいい、すぐ、さあ、遠慮せんとやってくれ、と丼《どんぶり》を耕平の前へすすめた。

「それじゃ戴《いただ》きます」

と耕平はカツドンの蓋《ふた》を開け、箸をとったが、床の間の掛軸が先程から何となく気にかかっていたので恭太郎に、

「あの掛軸の字は一体何という意味なんですか」

と聞いた。

その掛軸には一番上から、

――一心、二物、三上、四性、五力、六論、七盗、八害――という墨字が書かれてある。

何という意味なのか耕平にはさっぱりわからず、また、どうして恭太郎がこんなむずかしそうな掛軸を大事そうに床の間にかかげておくのか不審なのであった。

「ああ、これか、これは俺が大学へ入った時田舎の叔父さんがお祝いに送ってよこしよ

ったもんや、俺の叔父さんは田舎にくすぶっとるけれど向こうではちょっとした顔役やぜ」

「へえ――」

と耕平が感心して見せて顎《あご》をつき出すと、恭太郎は、ちょっと得意顔で、

「何せ、俺の先祖は身受山の鎌太郎《かまたろう》やということやが、これは俺の叔父さんの説やさかい当《あて》になれへん、そやけど、俺の叔父さんは商売は料理屋やけど親分なんていわれて田舎ではええ顔や」

「へえ――そうですか」

「叔父さんの送ってくれよったこの掛軸はやな、つまり、博奕《ばくち》の心がけを説いたもんやねん」

「博奕の心がけ?」

耕平は目をパチパチさせて、も一度床の間の掛軸へ顔を向けた。

恭太郎はカツドンにパクつきながら、次のように説明した。

「一心」というのは精神のあり方で、バクチ場へ臨む時は、落着きが必要だということであり、「二物」とは財力のことで、つまり、バクチには何といっても資力がないと話にならぬという意味である。「三上」というのは技術のことで、バクチは運だけではなく、技術も要するということだ。「四性」とは意志のことで、弱気ではバクチに勝てぬ、

強気でいくべきだという意味で、「五力」とはバクチで負けたら、とにかくいいがかりをつけろということである。「六論」というのは、バクチの最中に口三味線をひいたり、相手をけなしたりして敵側を怒らせる戦法をとり、「七盗」とはいわば非常手段でいかさまをやって負けを挽回《ばんかい》しろということだ。そして、最後の「八害」とは、前の七つの手段を用いてもどうしても駄目な場合は面倒くさいから、相手をたたっ斬《き》り、取られた金を全部奪い返してしまえ——と教えているのだそうである。

「それは身受山の鎌太郎が作った金言なんですか」

奇妙なバクチの必勝法であるが、なかなか面白く理くつも通っているので、耕平は笑い出しそうになるのをがまんして聞くと、

「いや、そうではないらしいが、何せこの道の大親分が作った金言やということっちゃ、どや、なかなかええことというとるやろ」

と恭太郎は案外、真面目な顔つきで話すのであった。

「俺はもうじき大きくバクチを打つ気やからな、このところ毎日この掛軸をにらんでいるのや」

「バクチというと、それじゃ相場のことですか」

耕平は学校の階段教室で恭太郎がせっせと罫線をひいていたことを思い出した。

「そや、今度は俺にとっては一大冒険をするわけや」

と、恭太郎はこういう意味のことをいった。

——俺は今まで自動車のセールスから土地ブローカや周旋屋といろいろな仕事をやって来たがそれはバクチを打つための資金稼ぎのアルバイトであったといえる。相場というバクチは競馬や競輪のようにけちくさい分《ぶ》の悪いバクチとはちょっとわけがちがう。たくさんの馬が走ってそのうちの三着までに賞金がつくというようなあんな算盤《そろばん》に合わぬバクチは大穴でも狙うならともかく、つまりただ楽しむだけのもので、勝負事という部類には入らない。勝負事とは、一《いち》か八《ばち》かで勝負を決するものなのだ。あがるか、さがるか、つまり買うか、売るか、これが相場というバクチの丁か半である。俺は、はっきりと要領の呑《の》みこめぬバクチには手を出さぬ主義だが、実業界に、または政界に一歩進出するためにはどうしてもこの株式相場というむずかしい関門をくぐらねばならぬと悟り、この二三年、秘《ひそ》かに相場道の勉強をしてきたのだ——

と恭太郎は語るのであった。

「それだけに今度のバクチには、俺は慎重を期してるのや、それから君の真面目さを俺は買うて俺の学校の問題や俺の仕事の上の手伝いなんかを君にしてもらおうと思ったわけやねん」

「ただし、僕は相場に関しては知識がまったくありませんよ」

「かめへん、かめへん、俺かて相場やるのは今度がはじめてや、そやけどわけがわからんままにがむしゃらにやるのではないねんぜ、さっきもいうた通り、俺はこの二三年ずっと穀物相場の動きを研究し、罫線をひいてきたんや、そら二三年位の勉強で相場のこつがつかめる筈《はず》はないけど、そこはもう勘と肚《はら》に頼るよりしようがない。君は僕の秘書として――そうやなあ、罫線のひき方位は覚えといてもらおか、まあ、ぼちぼちと僕は君に何でも教えていくわ」

資本主義経済の長所短所の両極端を最も露骨に現わしているのが相場の世界であろう。弱肉強食、自由競争、優勝劣敗の法則にもとづく現代社会を抽象しているものが相場界であるともいえる。もちろんかつての糸平、島清、鈴久、松谷天一坊等の相場師が跳躍し、そして凋落《ちょうらく》した頃の絢爛《けんらん》として派手な、いわば群雄割拠の戦国時代はもう遠い夢物語の感がするが、栄枯盛衰が永劫《えいごう》に続く人生が存する限り、相場界という資本主義人生の縮図も永久になくなる事はないだろう。

勝負師として自他共に任じている大崎恭太郎が、この相場街、北浜に男の夢を求めて、こつこつ相場の勉強をしていたことは当然のことだといえる。

恭太郎は滋賀県の農家に生れて、子供の頃から頭がよく勝負事に強かった男にありがちな人生に対する強い抱負、天びん棒の一本をかついで都会に出、百万の富を作るという成功談の実行者としての空想、つまり生存競争の大勝利を期待する気持が非常に強かったのである。小学生の頃に両親に亡くなられ、養子になって、からきし元気のなくなったやくざの叔父の家にひきとられて気まずい思いの苦労をし、どうしても都会へ出たくてたまらず、叔父を泣き落して大阪の高校へ恭太郎は入ったのだが、もうその頃には独立自尊の精神が彼の意識の上にはっきりと形をとっていたのである。いろいろなアルバイトをやりながら、大阪というリアリズムの土地にしっかりと腰を入れたのである。物語に出てくるような成功を期待する甘さは、現実にはまったくないと何度も頭を打ちながら、しかし、子供の頃からの夢だけは、彼の場合、苦労すればするだけ心の中に大きく位置をしめてくるのである。

現実主義の都市大阪に物質の法則にもとづいて積極的なねばり強さを発揮している恭太郎に対し、耕平は、いわば感情の法則に基く人間であるためさまざまなアルバイトなどによる肉体的苦痛や精神的苦脳が逆に彼を次第に消極的なねばりのない人間に追いこんでいるようである。

だから、耕平は折々、あまりにも性格のかけ離れている恭太郎と自分との、ふとしたことからのつながりを、奇妙なめぐり逢わせもあるものだとしみじみ不思議に思っていたのであった。

——一ヶ月たった。

耕平は大学で自分の授業と恭太郎の授業を交互に受けて出席率の平均を図っている。

出席率が三分の一に満たない場合は学期末試験を受ける資格がなくなるから、それにひっかからぬよう耕平は、時間割を日々にらみながら四年の授業と二年の授業との間をかけずり廻っているのである。こうしたことは耕平にとってはあまり苦痛な仕事ではなかった。机に坐って本を開き、教師の講義をノートするだけでアルバイトになるなら、これほど楽な仕事はないと思っている。生来、照れくさがり屋の彼は街頭で宝くじを売ったり、野球場でアイスクリームを売ったりした苦痛を思い出すと、こうした仕事は極楽のような気楽さだと思うのであった。

そして、耕平は日に一度は恭太郎の下宿へ電話で連絡する。今日は何と何との授業を受け、講義のノートはとっておいたから心配するなという意味の報告をするのである。

恭太郎が急に学校へ姿を見せなくなったのは、ようやく穀物相場が一荒れしそうな様相を呈して来たので、株式街に乗り出す資金集めと罫線の研究に没頭しはじめたからである。株式相場ではあまり派手な動きは見られぬが穀物の相場になると、これは折々、波乱に富んだ活潑《かつぱつ》な動きを見せる。一発あたれば大きいが、そのかわり一発間違うと、証拠金（保証金）だけでやる一か八かのバクチのようなものだけに、あれよあれよという間に資金は吹っ飛んでしまうものなのだ。そうした穀物相場、その中でももっとも花形だといわれている小豆相場が恭太郎の研究対象である。その小豆相場は今、徐々に騰げつづけている。だが相場とはどんな場合でも一本調子に上昇したり、下落したりするものではない。かならず上下波動を幾回となく描きつつ、そして大極の天井値、大底値をつけるものであるから、恭太郎はその天井値を見極めて売り向かう時期を待っていたのだ。

——そうしたある日の明け方——雨戸が激しく風にたたかれる音に、耕平は目を覚した。

そっと雨戸を開けてみると、夜半から激しい海鳴りのようにふき出してきた風は、ますます激しさを加えて往来の砂埃《すなぼこ》りを捲《ま》き上げている。隣家の畠《はたけ》の樹々《きぎ》は鬼女が長髪を狂乱さしているようにすさまじく揺れ動いていた。

まもなく白い太い雨がざあーと土砂降りに降りつけて来た。ピカピカと稲妻が走り、雷が地割れするような音を響かせる。もう夜はすっかり明けきったのに、夕方のように周囲は暗い。

耕平はその雷雨の中を、頭からすっぽりとレインコートをかぶり走り出て、近くの公衆電話のボックスに入り、恭太郎に電話した。

「ああ、もしもし」

今日の学校の授業は京都から通ってくる講師の担当なので、この風雨のため恐らく休講になるだろうからこちらの方で欠席すると、恭太郎に一応報告するための電話であった。

「もしもし鳥井君か」

恭太郎は電話に出ると耕平の話を聞くよりも前に、

「こんな台風の日に学校なんか行くことないぜ、それよかすぐ俺のところへ来てくれ、タクシー拾うてすぐに来てくれ」

「どうしたのですか、何かあるのですか」

混線しているのか電話が聞きとりにくいので耕平は大声でどなった。

「そや、えらい嵐やなあ」

と恭太郎はトンチンカンな返事をして、

「いよいよ機会到来や、今日は北浜へ初陣するさかい君にお供してもらいたいのや、ええか、すぐ来てや」

ハイ、わかりました、と電話を切ると、耕平は激しい雨の中を流しのタクシーを探して走り出した。

こんな激しい風雨の中を北浜へ初陣やとはしゃいでいる恭太郎は、まるで桶狭間《おけはざま》へ向かう織田信長のように思え、耕平は雨にびしょぬれになって走りながら、ふと木下藤吉《とうきち》郎《ろう》のような気分になっていた。

——安いところで買って高いところで売り抜ける。高いところで売って安いところで利喰《りぐ》いする——相場に勝利を得るためには、ただこれだけを間違いなくやればいいのである。だが、これだけのことが仲々むつかしい。奇妙なことに買えば相場は下がり、あわてて売りに転ずると今度は上り出し、半泣きになってまた買いに戻ると、次には、せせら笑うように相場は下がり出したりするものである。売った買ったするたびに店側に取られる手数料も馬鹿にならない。このようにチグハグなことばかりつづくと、しまいには神経がやられてしまい、何が何だかわからなくなり、狐《きつね》つきみたいな目つきになってしまうものだ。相場とは、このように得体の知れぬ無気味なものなのである。

小豆五十枚（小豆千俵）の建玉をした恭太郎は、耕平と一緒に商品仲買店の中央のベンチに坐り、じっと売り買い出来高の黒板に見入っている。耕平は、閑々に罫線の描き方を恭太郎に習っていたので、素人客に混った芸者に話しかけられている恭太郎の横で、前場の寄付、大引を念入りに罫線紙に描いているのであった。

耕平は、全く相場の知識も興味もないのだが、ただ漠然と疑問に思うことは、どうして恭太郎が買い人気の多いこの場の空気にさからって売り方針に向かっているのかということである。大風が吹いて穀物が荒らされ、不作ということになれば、穀物相場が急騰することになるというのは、小学生でも知っている理論である。

「それが、そう巧《うま》い具合にいかんところに相場の面白さがあるわけや」

と恭太郎は、ここへ来る道すがら、耕平の質問に対して答えるのであった。

つまり、天象の力よりも金の力が勝つというのであり、恭太郎が天象にさからい、場の人気にさからって売り一本で立向かったというのも、ある大手（大きな思惑売買をする人）が売りに向かっているという情報を耳にしたのと自己の罫線の研究では、どうやらこのあたりを天井値として大勢は下りに向かうと判断したからだということである。十分自信ありげに彼はいってるのであるが何といってもはじめての株式街における投機であり、しかも、五十万円という大きなバクチでもあるだけに思いなしかふと顔は硬化している。

小豆相場は、こうして激しい台風にあおられたように後場の一節二節はジリジリとあがりつづけていたが、第三節に至ってようやく動きが止った。それが大波乱の前の静けさといった不気味な感じで店の中を埋める素人客の間には焦燥めいた殺気が行き交っている。

「客は三年一廻り、金は三月で千両」

恭太郎は、周囲の人を見廻しながら、うたうように口の中でつぶやいているのであった。

「何です、そりゃ」

耕平が聞くと恭太郎は顔をくずして、

「いや、君、ここにこうしてひしめいている客達は三年もするとすっかり顔ぶれは変ってしまうもんやけど、持っている金は三月目にはきれいに奪《と》られてしまうということっちゃ、つまりやな、それだけ相場ちゅうもんは、もうけるのが容易やないというわけや、実際、もうける人間は千人に一人ぐらいやという話やが、それやのにこうして株屋に繰り込んで来よる客がようけおるのは一体どういうわけやろ、それだけ甘い夢持つ人間が多いちゅうことになるやないか、哀れなもんや」

と恭太郎は、自分もその甘い夢を追う一人でありながら、人事《ひとごと》のようにいうのである。自分は千人の内の一人だと自惚《うぬぼ》れていると受取れるが、何によらず彼はそうした稚気のある自惚れ方をするのが癖であった。

たしかに世の中には、自分の本業をそっちのけにし、千人の中の一人たらんとして相場に惑溺《わくでき》している者は多い。毎朝のように市電やバス、またはタクシーなどを利用して、ぞろぞろ北浜に乗り込んで来る人々は、勿論《もちろん》、取引所員もあり、証券会社社員もあり、外交員もいるが、その人達の群の中には、今でも一獲千金の夢を描いて市場へ通う相場狂も多い。ちょっとしたのれんを取っている取引所員の店頭には常に二十人や三十人の客は群がっているものである。その中には時に五十枚、百枚を仕掛ける相当な資力を持つ者もいるが、大抵は三、四万円を懐に二三枚の建玉から喰いついていこうという連中である。いや、それならまだましな方で、一枚の建玉も出来ぬ二、三千円を懐にしてこの界隈の露路の入口や立会場の付近の往来をうろちょろしている連中がいる。いわゆる合百《ごうひゃく》というやつで、彼等は五百円ずつ出し合って小豆相場が上るか下がるかの当て合いをしているのである。つまり呑み屋が客の注文を呑んで一六勝負をしているように、これには胴元を引受けている親分のようなものがいて一枚五百円を単位としてそれ以上幾らでも引受けている。たとえば五百円で買った小豆一枚が五十円方上ったとすると倍の千円になってくるし、逆に五十円下がれば五百円の証拠金はフイになるのだ。そして売りにも買いにもこの胴元の親分はちゃんと口銭をとっている。こうした合百屋の胴元に五百円千円の金を渡してそれで何とか喰いついていこうとする哀れな人々も多く、しかしこうした人々も一流証券会社の中で大きな建玉をしている人々と描く夢だけは一緒である。

また別に一枚の建玉をするわけでもないのに店の中を埋めている人々の間をちょこちょこせわしく動き歩き、「今が大体天井だっせ、もしこの線をこういうふうにぬいて来たら、もう一発ここでボカンといきなはれ、大将、頼りにしてまっせ」などと罫線用紙を片手に、頼まれもしないのに、人々を指導して廻っている奇妙な男が、こうしたところには一人や二人はいるものである。一種の弥次馬《やじうま》的予想屋であるが、別に金銭を要求しないので黙って聞いている客があるが、白眼をむいて追っぱらう客もいる。こんなのにかかわっているとかなり神経が攪乱《かくらん》されるからである。

「お兄ちゃん、えらいがめつう行きはりましたなあ」

と恭太郎のところにも、やっぱりそうした予想屋はやって来て、

「わてはお兄ちゃんに惚《ほ》れた、ようそこで一発大きく売って出やはったもんや、えらい！」

といい、「失礼でっけど、お兄ちゃん、今、おいくつだっか」と少し腰を低めて続けるのであった。

「おっさん、俺の年、聞いて何すんねん」

と恭太郎がニヤリニヤリしていうと、

「いや、わてかてな、お兄ちゃんくらいの年には、そやなあ、今でいうたら一億円くらいに相当する金をもうけたことがおまんねん」

「嘘《うそ》こけ！」

恭太郎に頭からピシャリといわれて、その予想屋は、ヘッヘッヘッと腰をかがめて笑い、

「一億円とはちょっと大袈裟やけど、今でいうたら、そやなあ、一千万円くらいの金はわてほんまにもうけたことがおまんねん、いや、ほんまだっせ、お兄ちゃん」

と予想屋は恭太郎がニヤニヤとして信じてくれない様子に、ちょっと口をとがらしていうのであった。

こういう種類の人間の昔話などはたまには本当のもあるが大抵は出鱈目《でたらめ》で、彼らはかつてはどのようにもうけ、どのように贅沢《ぜいたく》な暮しをしてきたかをつい昨日の出来事のよ

うにあざやかに描いて人に聞かせることは実に得意である。

「新東でもうけましてん、新東いうたかてお兄ちゃんなどは知らしまへんやろ、ごっつい前の話でっさかいな、そやけど昔にくらべたら今の相場、おもろうおまへんわ、興味のもてるもんいうたら小豆くらいしかおまへんやないか、そやけどお兄ちゃん、よう今のところで思い切って売りに進まはった、お若いのにえらいもんや、わての予想とぱったり一緒や、ほんまにえらいもんや」

とこの予想屋はしきりに恭太郎に対し、えらいもんや、をくりかえしていっている。

「ほな、おっさんは小豆を大分くわしゅう調べてんのか」

と恭太郎に聞かれて、その予想屋は嬉しそうな顔をし、

「さいな、わてはこれでも戦前から小豆相場の研究はしとりまんねん」

といい、昔からの小豆の罫線は柳行李《やなぎごうり》に二杯ほども大事に持っている、とつけ加えていうのであった。

「ほんまか、おっさん」

「ほんまですわいな、嘘やと思うのやったら、一ぺんわてのとこ来てみてみなはれ」

と人の良さそうなこの予想屋は目をくりくりさせてそういうのであった。もう四十五、六歳ぐらいであろうか、年のわりに老けて見える感じで、たるんだ青黒い皮膚や皺《しわ》の多い額や頰《ほお》、それに薄汚れたヨレヨレの灰色の背広を着て、ひさしの垂れ下がった茶色の

ソフトをかぶり、いかにもルンペンといった感じがする。だが、彼の眼にはこうした種の人間にありがちな狡猾《こうかつ》な光はなく、気弱ではあるが不思議なくらいに柔和な光を帯びて、それがふと人に好感をいだかせる。

「ほんなら、おっさん、俺、今日、お宅へ寄せてもらうさかい立会い終了の時間までちょっと待っといてくれや」

と恭太郎は予想屋にいった。

「へえ、そら待てといわはんのやったら待ってまっせ」

と予想屋は少しおじけづいたのか不景気な声を出していった。

耕平は横で酸っぱい顔をしていた。先刻まで話していた芸者の出る待合へでも行くならともかく、なにもこの嵐の中をはっきりと素性の知れぬ薄穢《うすぎたな》い予想屋の家へ乗りこむことはないだろうと物好きな恭太郎に耕平はあきれているのである。罫線という相場の上り下りの記録がそれ程相場をする人間にとっては必要なものであるか耕平にはわからぬことであった。

第六節の六びけも終ったが、相場は別に新値をつけて上下しなかった。朝から緊張していただけちょっと気抜けした気分で恭太郎は、

「さあ、おっさん、行こか」

と隅のベンチでせっせと手帳に相場の売買い極り高を記入している、薄穢い予想屋に

声をかけた。

「へえ、へえ」と彼は手帳を懐にしまうと恭太郎のところへ近づいて来て、

「ほんまにお兄ちゃん、わてとこ来てみやはりまっか、いうときまっけどわてとこは穢いところだっせえ」

とあきらかに家に来いといったことを後悔している素振りが読めたが、恭太郎は、

「ちょっと、昔の罫線を見せてほしいのや、何せ俺は小豆相場をやるのは今度はじめてやさかいな、いろいろと研究してみたいことあるねん、一つ、おっさん頼むわ」

そういわれてみれば、予想屋も、

「ほな、どうぞ、来とくなはれ」

と嫌な顔色は消して笑顔をつくり、

「いうときまっけど、わてとこは穢いところでっせ」とそれをも一度念をおすのであった。

三人連れ立って店を出ようとすると先程の芸者が小走りにかけ寄って来て、

「あれ、もうお帰りになりまんの、うちとこちょっと寄ってくれはらしまへん?」

にーッとえくぼを作って笑ったが、

「また今度あらためて寄してもらいまっさ、今日はちょっと忙しいねん」

と恭太郎はいい、その芸者に何かしゃべろうとして半分笑いかけた予想屋の手を引っ

張るようにして外へ出た。

雨は小降りになり、風もようやくおさまったが、台風一過した後の空は暗澹《あんたん》として垂れ下がっている。

「ちょっと、飯食って行こ」

株屋街を出てしばらく行ったところで恭太郎は二人をうながし、小さな食堂に入った。

「おじさん、何だか悪いな、本当に俺達おじさんの家へ押しかけて行ってもいいのかい」

耕平は何となくこの予想屋が気の毒に思えるので食堂の椅子に坐るとちょっと彼に声をかけてみた。

「何いうてはりまんねん、そんなことに気兼ねせんといておくれやす」

予想屋はむしろ今から御馳走《ごちそう》になるということに気兼ねしているようで、

「どうぞ、わてに気イなんか使わんといておくれやす」

ともじもじしていうのである。

恭太郎は、まず飯食う前にお近づきのしるしで一杯やろうやないか、といって給仕女にビールを注文した。

「何でんな、お宅等、学生さんやのにええ根性してはるわ、わて等ほんまに顔負けや」

と予想屋は体をもたもた動かして恭太郎と耕平を交互に見ながらいい、

「わて、沢田順吉といいまんねん、昔は、これでもちっとは北浜で売れた顔や、なあんていうたかてお宅等信用してくれはらしまへんやろけど……」

ビールが運ばれて、コップに注がれると彼は、

「ほな、遠慮せんといただきまっさ、そやけど、お宅等はほんまにえらい」

しきりにお世辞をいいながら、沢田順吉というこの予想屋は口をとがらせてコップのビールを吸いこむのであった。そして二杯目にはもう顔を真赤に染めて、

「いや、沢田順吉、今日ばかりは久しぶりで人物らしい人物に出くわしましたわ、何せ、猫も杓子も買いついとるところを五十万の現金でポンと売り一本に出動しやはったのやさかいな、そやけど考えたら世の中も変ったもんでんな、学生さんが仕手相場に乗り出さはるようになったんやさかいな」

順吉の舌は酒が入るとだんだん活気を帯びてくるのであった。

「おっさん、いや沢田はん、あんたさっき俺が売りに出た時、自分の予想とぴったり一致やというてたやろ、あれもう一ぺん、俺に説明してくれや」

順吉は待ってましたとばかり生き生きとした顔つきになって、ヨレヨレの背広の内懐から皺くちゃになった罫線紙を取り出し、掌《てのひら》で皺をのばして卓の上へ拡《ひろ》げると、

「この線、見てみなはれ、赤線二本青線三本と並んでここにポコンと赤線がもう一本出てまっしゃろ、これがすなわち、売れ売れというだこれね線、この線が出たらそらもう

たて板に水を流すように順吉はまくし立てるのであった。

女房質にほりこんだかて思い切って売って出て行かなあきまへん」

「うんうん」

恭太郎は何度もそれにうなずきながら、ふと耕平の方を見て、

「このおっさん、やっぱりよう勉強しとるわ、いうことに一応筋が通ったる。何や知らんけど俺とちょっと馬が合いそうや」

といった。それを順吉は耳にして、世にも嬉しそうな顔つきになり、

「わては、何の取得もないボンクラだっけど相場ちゅうもんにだけは自信がおま、そら今はこないに落ちぶれてまっせ、そやけど一時は北浜でわては飛ぶ鳥も落す……こらちょっと大袈裟だっけど何せその当時、北新地の芸者と南地の芸者を寄せ集めてお座敷でつな引きさして遊んだちゅう位羽振りをきかしたことがおまんねん、ほんまに人間落目になりとうないもんや、今では世間の奴等《やつら》、皆わてを白眼で見よります。第一、さっきの株屋なんかどうだす、あすこは、かつてわてが大きな玉を建てた店だっせえ、それがもう逆さまにしても鼻血も出ん客やと見切りをつけたら、鼻もひっかけよりまへんわ、金の切れ目が縁の切れ目というのは何も芸者に限ったことはおまへん、そらあいつら株屋の店員にいうたる言葉ですわ、勝負の世界に人情は禁物とはいいまっけど、ほんまに世の中いうたら冷いもんだっせえ」

「まあ、順吉さん、そう興奮しなはんな、さあ、もう一杯いこ」
と恭太郎は、順吉の眼が段々すわってきて今にも酔い泣きしそうになってきたのに驚き、ビールを彼のコップに傾けて、慰めるようにいうのであった。

阪急沿線の神崎川で降りて、しばらく坂を下ったところ、くわしくいえば、東淀川区《ひがしよどがわ》三津屋中通り一丁目が順吉の住んでいる街である。近くにはガスタンクがそびえ、阪急電車のけたたましい警笛や製材所、鉄工所、鋳物《いもの》工場のやかましさやら、それに神州橋をわたってやってくる肥桶《こえおけ》を満載した車馬は周囲に悪臭をまき散らし——そうした雑然とした職工街のはずれに順吉のバラック建ての二階家はあった。

「ここだんねん」

順吉はブリキ製の開きの悪い表戸をがたがた動かしていると、すぐ近くの市場の方から痩《や》せてギスギスした感じの薄穢い女が古ぼけた買物袋をぶらさげ、水気のない針金のようなカサカサした頭髪をゴシゴシかきつつ、ひょろひょろと歩み寄って来て、

「あんた、おかえりやす」

と順吉に声をかけた。順吉の女房であるとすぐ気づいて、恭太郎と耕平は何か挨拶らしい言葉を吐こうとしたが、この女はきついやぶ睨《にら》みで、顔は二人の客に向けているの

だが、鈍い光の眼の玉を、違った方向にぼんやり向けているので何か話しかけようとしてもタイミングがあわない感じである。

「お客さんをお連れしたんや、中へお通ししてくれ」

と順吉にいわれて彼のやぶ睨みの女房は、

「へえー」

と力のない返事をし、ブリキの表戸の一端を肘《ひじ》でガンガンと二、三発ついた。そして、買物袋を地面に置いて、今度は両手でドンと正面から勢よく押すと表戸はやっと内側へ大きな音を立てて倒れた。

「さあ、どうぞ入っとくれやす」

と順吉の女房はいい、先にバラックの中に入って行った。

「あれ、わての女房の玉枝《たまえ》でんねん、えらい不細工な女でっしゃろ、ケッケケッケッ」

と順吉は自分の女房のことをそんなふうに恭太郎にいい、妙な笑い方をするのである。

「さあ、どうぞ、穢いところだっけど遠慮せんとすっと入っとくれやす」

順吉にいわれた通り腰をかがめてすっと入って行くと、薄暗い中は六畳一間で、鍋《なべ》、釜《かま》、茶碗《ちゃわん》、皿、箸《はし》、お櫃《ひつ》などがどす黒いベトベトした畳の上に乱雑に散らばっている。

それを女房の玉枝は急いでかき集めて廻り、押入れを開けてほうりこんでいるのである。

手のとどきそうな二階には梯子《はしご》が立てかけてあり、その棚のような二階から小学生くらいの子供の首が三つ、まるで河童《かっぱ》のさらし首のように並び、下をのぞきこんでいる。

「さあ、お兄ちゃん、ここへ坐っとくなはれ」

順吉に指さされた場所へ恭太郎と耕平が並んで坐ると、二階の子供達は梯子を伝ってぞろぞろと降りて来た。

もう秋も深いというのにこの子供達は薄汚れたランニングシャツを寒々と着ている。三人のうち一人はお河童の女の子であるが、これも男の子と同じだぶだぶのシャツを着て、黒い鼻汁を垂れ流している。三人とも野蛮人の子供のように油を塗ったような褐色の皮膚をし、いい体つきをしているので風邪《かぜ》など引きそうには見えない。この子供等は珍らしい学生服の訪問者を遠巻きにし、キョトンとした顔つきで、しげしげと見つめているのである。

「まあ、つまらんもんでっけど、これなとつまんでおくれやす」

と玉枝は恭太郎の前に新聞紙を拡げて置き、ニスのはげた茶簞笥《ちゃだんす》から茶筒を取り出して、その上にさかさまに振ると、ポロポロとキャラメルが五六粒落ちて来た。アリャといった顔つきで、玉枝は新聞紙に頰を当てるようにしてやぶ睨みの眼を近づけ、あんた、カリントがキャラメルに化けてもた、と順吉にいった。

「また、おのれ等、茶筒の中のお菓子を盗みよったな」

と順吉は目をつりあげて、うしろにぼんやり立っている子供達にどなった。

「カンニン」

一番上らしいいが栗頭《ぐり》の子供が大きく口を開けていい、それにつられて二番目の男の子が、

「カンニン」

つづいて三番目の女の子が、唄うような調子で、

「カンニン」

そしてこの子供達は手をつなぎ合って外へ出て行こうとしたが、今度は玉枝があわてて、

「そんなみっともない恰好で外へ出たらあきまへん」

と子供をひき止め、せきたてるようにして梯子を登らせ、穴倉のような二階へ追いこんだ。そして順吉と二人がかりで子供達が降りて来られないよう梯子を取りはずし、横へ倒してしまうのである。

あきれた顔をして、この二人の動作を見つめていた恭太郎と耕平の前に順吉は、ああ、やれやれといった顔つきで改めて坐り直し、

「何せ、わてとこは子供が六匹も居よりますねん、今二階につっこんだ三人はまだ小学校だっけど、あとの二人は夜学、働いとるのは一番上の町子だけですわ、こいつは、アルサロたらいうとこで働いとりまんねやけど、二万円位とってきたかてやっぱり自分の

身の廻りのもん揃《そろ》えんならんさかい焼石に水だすわ」

順吉はペラペラしゃべりながら、しきりに膝《ひざ》のあたりをぶるぶる振るわせ、

「えらい今日は冷えまんな」

といい、自分が冷える位だから、二階につっこんであるシャツ一枚の子供達はもっと冷えて震えてることだろうと気づいたのか、立上って二階に向かい、

「皆、ちゃんと布団の中へもぐりこんどらな風邪をひくぜ」

と叫ぶのであった。子供達は外でふざけて揃って服をどろんこにし、着換えがないので洗濯物が乾くまで布団の中へおしこめられていたのである。

「ああ、そやそや肝腎《かんじん》の罫線のこと、すっかり忘れとった」

と、順吉は坐りかけてまた立上り、押入れを開けて四つんばいになり中へもぐって行ったが、すぐあわててはい出して来ると、

「玉枝！　玉枝！」とどなった。

台所で七輪の火を団扇《うちわ》でおこしていた玉枝は、

「何だんねん」

と気の抜けた返事をし、上へあがってくると顎を横にし、すかすようにして吼《ほ》えたてている主人を眺めた。

「お前、押入れの中の行李に入ったもんどうした。罫線やがな、相場の記録を書いた筋

のひっぱったる紙や！」

「ほんな大きな声でいわはらんかて聞こえますやないかいな」

と彼女は眉を曇らせ、

「ああ、あら屑屋《くずや》に売りましたわ、じゃまになりまっさかい」

順吉は立ったまま尻もちをついたように虚脱した顔つきになり、しばらく、目をパチパチさせていたが、やっと正気に戻って、

「阿呆んだら！」

とどなり、いいなりパチンと玉枝のつき出している頰をぶった。

「屑屋に売るとは何ちゅう事さらすねや！　じゃ、じゃまになるとは何や！」

ともう一発今度は左手で玉枝の頰をぶち、右の方へよろめいている彼女を次に左の方へよろめかした。

「ま、ま、待ちいな」

と恭太郎と耕平はあわてて立上り、逆上している順吉をなだめにかかる。二階の子供達も首をのぞかせ、お父ちゃん、お母ちゃん、とけたたましく叫び出すのであった。

「あの行李の中のもんは、わいの命から二番目のもんやぞ、屑屋に売ってもたなんて、ようもシャーシャーとぬかせたもんや」

両手を恭太郎と耕平にがっちりと押さえられた順吉は、激しく息をついて玉枝にどな

りつけるのであったが、

「ほ、ほ、ほないにいわはったかて、うち、ほんな事知らんもん」

と泣き腫《は》らした眼を妙な方向に向けて玉枝は口をもぐもぐさせていうのであった。

「ほな、全部屑屋に売ってもたんか、玉枝！」

「半分は、たきつけにしましてん」

それでまた順吉はかっと興奮し出し、二人の客にとり押さえられている両手を必死に振りほどこうと眼をつり上げて暴れ出すのである。

「いいかげんに落着きなさい、順吉さん」

と耕平も声を荒くして順吉の耳元にどなったが、丁度その時、順吉の長女の町子が銭湯から帰って来た。

「お父ちゃん止《や》めて！　お母ちゃん逃げて！」

両親が夫婦《ふうふ》喧嘩《げんか》をし出すと彼女はきまってこう叫ぶらしく、まだ上へあがらない前に突っ立ったまま叫ぶのである。

町子も加わった三人がかりで、ようやく順吉をその場にペタンと坐らせた。

「もうすんだことしょうがないやないか、順吉さん」

恭太郎は、今度は世にも情ない顔して首をうなだれてしまった順吉の肩をポンとたたくのであったが、恭太郎の眼はいつの間にか町子の横顔にそそがれていた。想像していたのとは全く違い、順吉の長女の町子という娘が美人であったので彼は驚いたのである。二重瞼《ふたえまぶた》の黒い大きな眼、薄肉の彫りの深い光るような白い顔、こんな小さなバラック小屋などにこうした貧しい家族と雑居している種の女とはどうしても思えぬ、一種の気品さえ持っているのである。そして、男のつけ込む隙を与えぬといったきびしさも全身から匂《にお》わせている。

しみじみと彼女を見つめ出した恭太郎の視線に耕平もふと気づいて、隅の方でうずくまっている母親に小言で慰め出している町子の横顔に眼を向けた。

町子は何か諭すように母親にいい、母親を大きくうなずかすと、こちらへやって来て、

「先程は、ほんまに色々と御迷惑をかけてすみませんでした」

と畳に手をついて恭太郎に、そして耕平に頭を下げるのである。

順吉は相変らずうなだれたままで涙をぽたぽたこぼしている。そして服の袖《そで》で鼻水をふきながら首をあげ、

「町子、なあ、お前はわいの気持がようわかってくれるやろ、あの行李の中にあった罫線はお父さんが心血をそそいで長い間書き貯めて来たもんや、それを屑屋に売られたり、たきつけにされたりしたわいのこの気持、なあ、町子、察ってんか」

と順吉は鼻をすすり、娘相手に愚痴りつづけるのであった。

「わかった、わかったお父ちゃん、相場師という人はどれ程罫線を大事にするかという

こと、お母ちゃん知らはらなかったんや、お母ちゃんかてあんなに苦しんではるのやさかいもうかんにんしたげて頂戴《ちょうだい》、ね、お父ちゃん」

隅で小さくなっていた玉枝は、わざとこちらへ聞かせるように、町子がいい終るとヒイーッと声をあげて畳にひれ伏した。

「相場師が罫線を大事にすることとお母ちゃんは知らはらなかったてお前はいうけど、わいは、あのメカチンの女ともう三十年もいっしょに暮してるねんぞ」

と順吉はまだ酸っぱい顔をして町子にいった。

「阿呆、ようそんなことがお母ちゃんに対していえるもんや、阿呆、お父ちゃんの阿呆!」

町子は、母親のことを順吉にメカチンの女などと侮蔑《ぶべつ》されたことがかっと頭にきたらしく、半泣きになって立上ると、玉枝のところへ走りよってその膝に顔を埋めてしまった。

「阿呆、おっさん、阿呆」

といって、コツンと順吉の後頭部を握り拳《こぶし》でこづいたのは恭太郎である。

「くどいぜ、おっさん、ええかげんにせんかいや、見切り肝腎意地つけな、いうのは相場の鉄則やろ」

とさらに恭太郎に背中をおされて順吉は泣きそうな顔をし、えらいすんまへん、といった。

「わては、第一お宅等にすまんと思うてまんのや、せっかく遠いとこここまで来てもろて、結局何にもならなんだのかと思うたら、わて何ちゅうてお宅等に詫《わ》びてええかわかりまへん、実際、腹でも切りたい気持ですわ」

と順吉は大袈裟ないい方をした。

「そんなこと、もういいじゃありませんか、こちらこそ無理やり押しかけて来た形で、かえって悪く思っているのですよ」

と耕平は顔をくずしていった。

ふと町子の方を見ると、彼女は壁の方に向かいキッとした顔つきになって手鏡を片手に化粧し始めている。そろそろ店（アルサロ）へ行く時間となり、この場の重苦しい空気が解決するまで家にいることは出来なくなったのである。ハンドバッグの中の小さい化粧品が畳の上に並んでいた。

恭太郎も耕平も、そんな町子をぼんやり眺め出していると、

「あの、お茶ですわ、えらいとりまぎれて、おそなりました」

と玉枝が鈍重な動作で、盆に載せた湯呑みを運んで来、三人の前へ置いた。そして、順吉に見せつけがましく、先程ぶたれた頰のあたりを手で二、三度こすり、すぐにくるりと体を回転させて娘のもとへ逃げて行ってしまうのであった。

「お嬢さんは、どこのお店につとめてはりまんねん」

と恭太郎は順吉に問いかける。

「娘だっか、娘のつとめるアルサロはだんな、エロカイヤたらいうとこだす」

「エロカイヤ？」

「いや、エムカイヤやったかな、いや、これも何やけったいな名でんな」

「エンパイヤのことですやろ」

と恭太郎がいうと、「ああ、それそれエンパイヤや」と順吉は嬉しそうな顔をして、
町子に、

「お前、お店のお名刺をさし上げといたらどうや」

といった。

娘がアルサロなどにつとめている事をこの父親は何の恥とも感じず人に話し、むしろ宣伝している感がする。

「いややわ、お父ちゃん」

町子はちょっと恨めしい目つきで順吉を見、

「うち、エンパイヤはとおの昔にやめましてん」

といってふたたび化粧にかかった。

「ほなら、今、どこにつとめてるのや」

「心斎橋《しんさいばし》のポーランド」と町子がいうと、

「ああそこなら僕、以前一度行ったことがおますわ、一ぺん遊びに行かしてもろてもよろしおまっか」

と恭太郎は今度は町子に問いかける。

「ええ、どうぞ、そやけど何や、うち、ちょっと恥ずかしいな」

と町子は首をすくめるようにしていった。

「どうぞ一ぺん遊びに行ったっておくれやす、うちの娘は大抵ナンバーワンかナンバーツーでっさかいよろしおまっせ」

何がよろしおまっせになるのかわからないが、順吉はそんなことをいって娘を宣伝し、どうやら先程の気まずい空気は解消したようである。

化粧を終えた町子が、ほな、どうぞ、ごゆっくり、といって家を出て行こうとすると、二階の子供達が一せいに首を出し、

「姉やん、おみやげのブタマン忘れたらあかんで」

と口々にどなった。

町子の姿が消えてから恭太郎は順吉としばらく小豆相場のことについて話し合ったが、妙に町子のことが気にかかるのである。町子がつとめている「ポーランド」へ遊びに行きたくてうずうずしているのだ。

「順吉さん、また、今度、ゆっくり寄せてもらいまっさ」

と恭太郎は傍であくびをかみ殺して坐っている耕平をうながし、立上った。

「えらい長いこと、おじゃま致しました」

と玉枝の方にも挨拶して二人はバラック小屋を出た。

「またお近いうちに来とくなはれ、あれ、まだ雨が降ってまんな、傘持って行かはったらどないだす――なあんていうたかて、うちとこ人に貸すよな傘あれへんけど――」

順吉はバラック小屋の窓を開け、小走りにかけて行く二人に向かってベラベラと口を開いていた。

朝からの台風はもうすっかりおさまっていたが、とぎれとぎれの細い雨は未練たらしくシトシトと降り続いていた。崩れたり、大きく穴をあけたりしている赤い地面の上をぴょんぴょんとはねながら、二人は駅へやって来た。

「梅田へ出ようやないか」

恭太郎は泥だらけになった靴をチリガミでふきながら耕平にいった。

「いえ、僕はノートの整理もありますから、今日はこれで帰らせてもらいます」

耕平の下宿はこの神崎川からあまり遠くもない塚口にある。今から、恭太郎の遊ぶつき合いなどしていては、いわばアルバイトでもある明日の学校授業にさしつかえると思い、一応梅田行を辞退したのだ、が、

「ほうか、ほな俺一人で町子さんと踊ってくるぜ」

「ポーランドへ行くのですか」

「そうや、久しぶりでちょっとダンスがしてみとうなってん」

恭太郎は両肘を少しあげ、肩をいからし、ダンスするポーズで体を振りながら、

「どや、ちょっと俺につき合えへんか、それとも一人わびしく帰りまっか」

と耕平を誘惑するのであった。

「行きまっさ」

と耕平はニヤリとしていった。別に恭太郎にけしかけられてその気になったのではないが、耕平も先程から妙に町子の憂愁の色を帯びた黒い瞳《ひとみ》が脳裡にちらついていたのである。

ひょっとすると、恭太郎のことだから、もう町子を何とかものにしようとして計画をたてているのかも知れない。それを妨害する権利も資格も自分にはないと耕平は思うのだけれど、女をただ便宜的に考えている恭太郎の手から何とか町子を救ってやりたいといった気持になった。日頃、世話になっているいわばマスターでもある恭太郎に対してこんな考えをいだくなど随分不届な話だと思うのだが、ちょっと大仰ないい方だが人道主義的な興奮を耕平はおぼえたのである。それと同時に金の力で女はどうにでもなるといった恭太郎の一種の資本主義者的根性にケチをつけてやりたいような気持にもなる。

とにかく恭太郎は自分の雇主だと意識すれば、そんな気持はくたばってしまうのだけれど、物質の原則で行動するタイプに対して、感情の原則で行動する種のタイプが、こうしたけちな反撥をするのは止むを得ぬことだと耕平は思うのであった。

だが、突然、こうして起った耕平の恭太郎に対する反撥原因の間に、これまでの自己の満たされなかった恋愛の満足を町子によって得たいという甘い期待がちょっぴり顔をのぞかせていたことは事実である。

「どや、あの町子ちゅう女、ちょっといかすやないか、君はそう思えへんか」

梅田行の阪急電車に乗ると、恭太郎は吊《つ》り皮に手をかけニヤニヤして耕平に話しかけた。彼は耕平が自分につき合ってくれたことに上機嫌になっているのである。

「ええ、まあね」

恭太郎は所かまわず商売人めいた口調の大きな声で話しかけるので、耕平は周囲に気兼ねしてちょっと苦笑し、彼をなだめるようにしていったが、恭太郎はさらに大きな声で、

「たしかに、あら別嬪《べっぴん》や、どや二人で張り合わへんか」

と恭太郎はいい、カッカカッと笑って、耕平の肩をポンとたたくのである。

「大崎さんと僕とでは問題になりませんよ、僕はあっさり棄権します」

第一、大崎さんには金があるけど僕にはないと嫌味な言葉が出かかったが、それは呑

みこんだ。

サンバの急調子な旋律が薄暗い重い空気のよどんだ広いフロア全体に流れはじめた。

バンドステージにはパッとフットライトがついて、バンドマスターらしいのが大仰な身振りでニタニタ笑いながらマラカスを激しく打ち振り、その横でロイド眼鏡をかけた小柄なバンドマンがギロを忙《せわ》しくこすり、二十日鼠《はつかねずみ》みたいにくるくる廻っている。

あちらこちらのボックスで淫猥《いんわい》な抱擁をつづけていた客と女給は、その激しいサンバのリズムにふと我にかえったように体を離し、手を取り合ってフロアへ踊りに出て行くのだ。

急テンポなリズムに合わし、太った客、細い客、背の高い客、低い客が、ダンサーに早替りした女給達と組んずほぐれつ腰を振って踊り出す。中には、ただじっとしがみつき合い、尻だけ振っているという奇妙なダンスをしているのもいた。

「三番さん、御案内！」

案内役のボーイは、浪花節《なにわぶし》語りのようなしゃがれた声を出して恭太郎と耕平を空いているボックスに案内した。

「御指名は？」

二人がソファに腰を降すと、ボーイは卓に手をつき、体を乗り出すようにして聞くのである。

「町子たらいう女いるやろ」

「町子さんですか、かしこまりました」

ボーイがひき下っていくと、まもなく、感度の悪いスピーカーが、

「町子さん、町子さん、三番様、御指名」

と金属性のガラガラした声を出した。

「あんまり、環境のええアルサロやないな」

恭太郎はそういいながら周囲をキョロキョロ見廻している。

コメットがバンバンとやかましく鳴り、煙草の煙、笑声、嬌声《きょうせい》、わめき声、それにむっとする人いきれ、そうしたものを一層かきまぜるようにバンドステージの上のトランペッター達は一せいに立上り、激しいメロディをたたき出している。

「財布握らせるさかい君のおっぱい握らせてくれ」という声がするので、ふとその方を見ると横手のボックスの頭の禿《は》げた中年男が女給の片手に古めかしい縞《しま》の財布を握らせて女を膝の上に抱きあげ、体を無理やりに抱こうとしている。女給は、いやいやと体を悶《もだ》えさせながら、客の首のうしろへ手をまわし、彼を抱くようにしながら、財布の中へ手をつっこんで千円札を一枚二枚と素早く抜き取っているのである。そして白々しい顔つきで財布の紐《ひも》を元通りにむすび、また体をゆすって、いやいやなどといってるのだが、

あきれた顔をして見つめている恭太郎と耕平の視線にふと気づいて、その女給は大きな舌をこちらへ向ってベェーと出した。

「ほんまに来てくれはりましてんな」

ふと気がつくと横に町子が立っていた。

「えらいすんまへん、大きに」

とは、指名で呼んでいただいて有難うと礼をいっているのである。

先程バラック小屋で見た彼女とはうって違い、白いデシンのイブニングを身につけ、ちょっとまぶしいような感じがする。

「えらいきれいにしてはりまんな」

と恭太郎がニヤニヤしていうと、今日はこの店の開店記念日で、皆一帳羅のドレスを持ち寄って来てまんねん、と町子は答え、恭太郎と耕平の間へ体を入れて坐った。

そこへ、わてら本番や、と名乗り、けばけばしいドレスを身につけた女が二人、手をつなぎ合ってやって来た。どちらもよくこれで水商売がつとまると思う位、貧弱な体軀《たいく》の妙な顔をした女で、恭太郎はふと辟易《へきえき》したように町子の手を取って、「踊ろ、踊ろ」と立上り、「お先ィ、ちょっと、失礼」と耕平の肩をたたくと、そのまま町子の背を抱くようにしてフロアへ出て行った。

恭太郎は一曲目は町子の肩に手をやるだけのオーソドックスな踊りをしていたが、二曲目には自分の頰を町子の頰にぴったりと密着させて踊った。町子は別にこばみもせず、彼にリードされるまま頰をつけて踊る。三曲目には恭太郎は足を相手の太腿《ふともも》の間へぐいぐい押しこんで踊るという悪どいダンスをはじめた。恭太郎はキャバレーやアルサロなどでダンサーと踊る場合、こうした踊り方をしなければ損だと思っている。と同時に、あのバラック小屋の順吉の娘にしては場違いを感じさせる美貌《びぼう》の、そして家庭的な体臭を持つ町子が、男の誘惑の多いこうしたところでの擬態《ぎたい》をいかに演じるか、恭太郎は興味的に観察しているのである。だが町子は、こういう稼業に入ったからには、相手の男が演じたがるシミダンス位は、甘んじて受けなければならないものと割り切って考えているらしく、陶然《とうぜん》として、目を閉じ、ふと官能がたかぶったように、激しく頰を恭太郎の頰へすりつけ、熱い息を彼の耳元へ吐きかけるのであった。

恭太郎は自分のこうした所作を町子がモソモソと喜んでいるとは受取らないが、商売といってしまえばそれまでかも知れないけれど、とにかく客にサービスしようと必死につとめている町子を何となく不憫《ふびん》に思うのだった。

「こんなとこにつとめてたら、男の誘惑も多いやろな」

と町子の耳元にささやくようにいうと、

「そら多いわ」

と彼女はわれにかえったようにふと目を開け、恭太郎から頰を離して、彼の眼の中を見つめるようにしていうのであった。

「こんなとこに来る男等は、みな狼《おおかみ》や思うて間違いないさかいな、ちょっとした隙みせたらすぐ喰いついてきよるさかい気ィつけなあかんぜ」

「ほな、大崎さんは違うの、フフフ」

「俺かいな、俺はまあ、例外やけど、おれといっしょに来とる鳥井ちゅう男、あら警戒せなあかんぜ」

「へえー、あの人、女の人に性悪《たち》いの」

「うん、あら色事師や、今まであいつに泣かされて来た女、どれだけおるかわかれへん」

などといって恭太郎は、カッカカッカッと笑い、耕平のいるボックスの方へ舌でも出したい気持で眺めた。

その色事師であるべき耕平は、本番の女二人に酌をされたビールを飲もうとせず、話しかけられても口をきこうともせず、恭太郎と町子のダンスが気にかかるのか、しきりにこちらの方を見ていた。

「鳥井君、踊って来いや」

と恭太郎は、町子とボックスへ戻って来ると彼女を耕平の膝へ押しつけるようにしていった。

「いや、僕は、そんな——」

ダンスが出来ないというと癪《しゃく》なので、

「飲む方がいいですよ」

とビールのコップを目の上まであげて笑ったが、

「鳥井さん、踊りましょ」

町子は耕平の手を取り、も一度フロアの方へ連れ出した。

町子と手を組み合ってから耕平ははじめて、

「じつは、僕、ダンスが出来ないのです」

といいながら、もう町子の足を踏んづけ、うろたえて何度も謝りながら、

「すみません、ちょっと、あっちへ行きましょう」

恭太郎の眼のとどかぬバンドステージの横手へ来ると、

「大崎さんには、警戒しなさいよ」

と、耕平はギクシャクした態度で町子にいうのであった。

「警戒って、何をですの？」

町子が首をかしげると、

「あの人、女の人にたいして、あまり性がよくないのです。はっきりいうと色事師です。だから……」

町子はプッとふき出した。

「何がおかしいのですか」

「そやかて、大崎さんは、鳥井さんが色事師やというてはったわ」

「僕が――」

耕平は呆気《あっけ》にとられた顔つきで、

「ぼ、僕は、そんな――」

「ま、ええやないの、どうせ大崎さんは冗談でいうてはるのやさかい――さあ、踊りまひょ、うちがダンス教えてあげる」

と町子は耕平の手をとり、――左足を前に、右足を前に――とダンスの手ほどきをはじめるのであった。耕平は何だか情なくなり、涙が出そうになった。

「何や、君、踊れんのか」

いきなり、声をかけられて、振向くと、恭太郎が本番の女と派手にジルバを踊っていた。はげしく恭太郎に振廻わされた女は、カクテルドレスの裾《すそ》を落下傘のように広げてクルクルと廻っている。恭太郎は、キザッぽく肩をいからして腰を低く振り、時々、片足を宙に浮かせるといった妙なポーズをとって、リズムを踏んでいる。自分達のダンスを止めてその一風変ったジルバを茫然《ぼうぜん》として見つめている男女もあった。

そうした傍若無人な彼のダンスを見ていると耕平は、とにかく、何につけても、この男には勝つことが出来ぬのだという口惜《くや》しさとも自嘲《じちょう》ともつかぬものが胸に切なくこみあがってくるのである。

アルバイトサロン、ポーランドの横手に並んでいる屋台のおでん屋の前には、まもなくドレスを着換えて出てくるアルサロ女給を待って、数人の男が酒を飲んだり、おでんを食べたりしている。その中に恭太郎と耕平も混っていた。

やがて支度を終えた女達は、ゾロゾロとアルサロの裏門から出て来、おでん屋の前の男達の肩をポンポンとたたき出すのだ。

「おそうなりました」

水色のコートの町子が、小走りにかけて来て、恭太郎の背をたたいた。

「ほな、いこか」

恭太郎は耕平の肩をつつき、三人揃って、夜更けの心斎橋通りをぶらぶら歩き出した。

かなりおそくまで営業している店も、店の戸じまりにかかり出し、屋台の支那《しな》そば屋がチャルメラを吹いて通り過ぎて行く。歓楽のあとの一種のやるせなさが胸にひびく一ときだ。

それがたまらなくなったのか、恭太郎は、

「今から、ちょっと北の酒場へ遊びに行こ」

といい、町子が何かいいかけると、

「ええやないか、家までタクシーで送ったるやないか」

とかぶせるようにいって、今度は、耕平に、

「君は、どないする？」

と聞くのであった。いかにも、気をきかしてもう帰れ、といいたげな調子である。

「僕は、やっぱり、明日学校へ行かねばならないし……」

もう帰ります、とまではいってないのに恭太郎は、

「そうか、もう帰るか、ほな明日学校の方、よろしゅう頼んまっさ」

とポケットから、百円札を数枚とり出して、これ車代や、と耕平の手に握らせるのである。そして、

「俺、今から、彼女ともう一軒だけ遊んで来るわ」

というのであった。

耕平は、ちらと彼女の眼を見ようとしたが、彼女はゆっくりした足どりで背をこちらへ向け歩み出している。それが、早く友人と別れて一人になってくれといったそぶりを恭太郎に示しているように、ひがみ根性の強い耕平には受取れ、ふと腹立たしい気分にされた。

「あんまり、夜遊びが過ぎると駄目ですよ、もう中間試験が迫っているのですから」

と無理に顔をほころばせて、半分は町子に聞かせるように、わざと声を大きくしていった耕平は、

「じゃあー」と少し手をあげ、もう後も見ず反対の方向へ歩き出していた。体が凍るほどの孤独を感じ、地下鉄の降り口に来ると、たまらなくなってうしろを振り向いた。

恭太郎と町子とは並んで流しのタクシーを止めている。

「あの男には勝てん」

恭太郎と町子を乗せた車が雨あがりの御堂筋を走っていくのを、耕平は、ええ糞といった気分で見送っていた。

——水色のコートにあごをうずめるようにして、町子は、タクシーのクッションの隅に身を寄せている——

「何で、鳥井さんもいっしょに連れて行けへんの」

町子は、口元で微笑しながら、少し、にらむようにして恭太郎にいった。先程、三人で心斎橋筋をしばらくぶらついた時、恭太郎は、耕平のちょっとした隙に、町子の耳もとに口を寄せて、鳥井をまくから調子を合わしてくれ、といったのである。

町子がアルサロから身支度をして出てくるのを一人で待つのは退屈なので、それまで耕平をつき合わせ、彼女があらわれると、サッと耕平を突っ放してしまうところなど、そうした恭太郎の横暴さに町子はあきれているのだ。

そんな彼にどうして同調し、こうしてタクシーに二人だけで乗ってしまったのか、それが自分でもわからないのである。まだ大学に籍をおいている程の若さでありながら、潜勢力のあふれた四十代とも感じられる彼の持つ異様な雰囲気にぐいぐいまきこまれてしまった感である。が、とにかく、これは大事な客だと商売意識が彼女に働いたのも事実だ。一見《いちげん》や二見のアルサロで指名の女はもとより本番の女の子にまで千円ずつのチップをきるといった客は、そうざらにいるものではない。それに自分の仕事における敏腕を彼が自慢して、女に聞かせる調子なども、何となく愛嬌があって、かえって好感がもてるのだ。若さに似合わぬその強靭《きょうじん》で稚気のある自惚れと意気込みに、ふと町子は知らず知らずのうち、頼もしさを覚えていたのかも知れない。

どうして鳥井さんをまいたの、の質問に対して恭太郎は、

「君をあいつに奪われたら阿呆らしいさかいや」

と、また独特のカッカッカッという笑い声を発するのであった。

「俺はやな、一つの事業、一人の女に熱中するとやな、周囲の義理とか人情たらいうもん考えへん、ただそれ一発にぶつかって行く主義やねん、他人の考えや感情なんか考えとったら、勝負師としての資格がないと、こない思うねん、人に恨まれたかてかめへん、えらそうにいうたかてとかく、この世は、色と金や、――ちょっと酔うたさかいえらそうにいうてんねんけど、まあ、笑わんといてや」

しかし、町子はわざと顔をそむけて笑った。つまり、彼は、町子を誘惑するつもりだからその覚悟でいろ、と宣言しているようなものである。だが、町子は恭太郎を憎む気にはなれなかった。何でもあけすけに口に出していってしまうのが、すべてにつながる彼の態度だと思うと、むしろ微笑《ほほえ》ましい感がする。好色な男達の執拗《しつよう》な誘惑から、町子は逃げ切る自信を持っているから、こうして今日はじめての客とタクシーにいっしょに乗っても平気でいられるのであるが、恭太郎なら、充分安心してもいいといった気楽さを覚えるのである。

——梅田新道界隈で二、三軒の酒場を飲み歩いて、ふたたびタクシーに乗った時は、町子の首のうしろを恭太郎の手が巻きつくように支えていた。かなり町子は酩酊していたが、危機を切り抜ける自信はまだ残っていた。

恭太郎が鼻先をそっと嗅ぐように近づけて来たので、町子は激しく首を振ってはねのけた。

「約束でしたやろ、ちゃんと家まで送ってね——失礼なことせんと」

「あきまへんか?」

「何が?」

恭太郎は、ヒョットコのような口をして、町子の手の甲の上に指でＨＯＴＥＬと書いた。

「あかん」

言下にいって、町子ははげしく手をひっこめた。

「ほな、せめて、キッスだけ」

「いや！」

町子が大きな声で叫ぶと、運転手がちらと振り向き、すぐ正面に戻った。

「おっさん、横見しとったら危いぜ、頼んまっせ、ほんまに」

と恭太郎は運転手にいい、すぐまた町子に、

「ほな、せめてエスキモーの挨拶して今夜はお別れしまひょ」

といった。

「何やの、エスキモーの挨拶て」

町子が聞くと恭太郎は、

「鼻と鼻とで挨拶するのや、こうするねん」

といって、彼は町子の体を抱くようにして彼女の鼻の左右を自分の鼻でこすり出した。

町子はもう抵抗するのも面倒くさくなり出し、彼のなすがままに鼻をくすぐられていたが、急に恭太郎は、チュッと町子の唇を吸って、「ああ、うまいこといった」

そして体を離して、カッカッカッと笑うのであった。

「さいなら、お父さんによろしゅう」

車が町子の家の付近にとまり、町子が降りると恭太郎は車の窓から首を出していった。

「また二、三日のうちにおじゃまさしてもらいまっさ」

「ええ、どうぞ、ほな、さいなら」

町子も手を振り、恭太郎を乗せた車が遠ざかっていくのをぼんやりと見送っていた。

それから、二、三日後に町子の家にやって来たのは、恭太郎ではなく耕平であった。

その耕平は個人的な意志で来たのではなく恭太郎に依頼された用事で来たのである。

大きな風呂敷にくるんで持って来たグリーンの女物の洋服の生地、それに本革の豪奢《ごうしゃ》なハンドバック、ハイヒール、そんなものをどす黒い畳の上に並べて、町子や彼女の家族達をびっくりさせたのである。

「大崎さんが、これをとどけてくれといわれたから、僕は持って来ただけです」

町子がこんなものをいただく筋合いはないという意味のことをいって固辞しはじめると、耕平はぶっきら棒にこのようにいった。

耕平の妙に白々しい顔つきを見ると町子は、恭太郎のことだから、あの夜のことを何か誇張して耕平に話したのではなかろうかとふと心配になった。

「まあ、せっかくやないかいな、有難う頂戴しといたらどうや」

と今まで小さな子供と五目並べをして遊んでいた順吉は、その恭太郎の贈物を、目をパチパチさせてのぞきこみ、硬化した顔つきになって贈物を辞退している町子の手をつつくようにしていった。そして、わいも昔は好きな女のところへよう着物をつけとどけさせてやったもんや、などといい、ケッケッと笑いかけたが、町子にキッとにらまれてすぐ口をつぐみ、

「大崎さんは、やっぱり並の人間とは違うて太っ腹なんや」

と大きくうなずくように首を動かしているのであった。

耕平も町子も酸っぱい顔をし、やぶにらみで服の生地を手ざわっている玉枝をぼんやり眺めていた。

「近頃、大崎さん、北浜の方へ来てはらしまへんけど、どないしてはりまんねん」

順吉は首をあげて耕平に聞いた。

「相場が保合《もちあ》いに入ってしまいましたから……」

昨夜、フロリダの朱美と白浜の温泉に行ったのだと、口どめされていることを思いきって正直にいってやろうかと耕平はふと町子の顔を見た。

「学校の試験が近づいたので勉強してるんですよ」

「へエ、やっぱり学生の本分は、わきまえてはりまんな」

順吉は、そういって、自分でフムフムとうなずきながら、

「そやけど相場の方も、油断が出来まへんぜ、何やこのところ気味の悪い罫線がつき出

しましたさかいな、近いうちに大きく荒れ出すんやないかちゅう気がしまんねん、学校の方も忙しいでっしゃろけど、一ぺん北浜の方へ顔出しはるよう、いうておくれやす」

——ゆっくりして行きなはれ、と順吉と玉枝がいうのを断って、耕平は順吉の家を出た。

するとﾞ、赤い鼻緒の下駄をつっかけた町子が小走りに追いかけて来て、

「駅まで送らせて」

二人並んで歩きはじめたが、耕平はむっつりとして、町子に何も話しかけようとしなかった。

「お父さんたら、あんなこと、いわはって、うちいややわあ、そやけど——ほんまに大崎さんからの品物、あのままもろうといてもええのやろか」

町子がいうと、

「いいでしょう、やるというものは、もらっとけばいいじゃないですか」

その味も素っ気もないいい方に、町子は恨めしい眼をして耕平の横顔を見つめた。

「何か、気分をこわしてはんの」

「いや、べつに」

このあいだ、恭太郎と町子が自分をおき去りにして、街の暗闇の中へ消えたことが、何となく心にわだかまっている折も折、昨夜は耕平にすまんけど君、これを町子とこへ

とどけてくれ、と女の服地やその他をことづかり、一層耕平は不快な気持にされたのである。町子への贈物を耕平に托《たく》した恭太郎は、そのままフロリダの朱美と白浜へ発《た》った。そんな恭太郎の人を喰った不純な生活態度が、耕平の神経にさわっているのであったが、そうした憤懣《ふんまん》の捌《は》け口として、彼はわざとむずかしい不愉快そうな顔つきをして町子に見せることしか出来ないのである。そしてまた、そんな自分の意気地なさに腹が立っているのでもあった。

「そんなむつかしい顔せんといてほしいわ、うち、何や悪いことしてるみたいな気になるわ」

「何も僕は、町子さんに当ってるのじゃありませんよ、ただ——」

町子はウンウンとうなずくように、うるみ勝ちの黒眼をパチパチさせて耕平の眼を見るのである。

「ただ——大崎さんの生活を見ていると僕は心配になるのです。学生として、あまりに恥ずべき行為が——」

多すぎるのです、といいかけて、耕平は自分に向けられている町子の美しい眼をちらと見た。そしてあわてて視線をそらし、

「あの人も、じつにいい人なのですが、しかし——」

と耕平はつづけて、彼女の気持が大崎の方に向くのをがむしゃらに制御しようとして

いる自分をいかにも浅ましく感じたが、もう半分やけくそで、

「女に性が悪いのが玉にキズです」

と心持緊張した顔つきではっきりいった。

「へえ」

と町子はあきれたような声を出した。が耕平は、それを彼女が自分の醜い心の中を読みとって嘲笑的に出たものではないかと受取り、また苦しい気分に陥るのである。

「一度町子さんにはっきりいっておこうと思ったのですが——」

「何ですの」

「大崎さんには、あまり深入りしない方がいいと思います」

「深入りやなんて、そんな」

町子はそういいながら、フフフと笑った。

「いつか、ポーランドでも、鳥井さんに、うち教えられましたわ、大崎さんは色事師やて」

「あの時は、少し酔ってたので、あなたは私のいうことを信じられなかったでしょうが、今は酔ってないから大丈夫です」

なんておれはつまらぬことを必死になってへたくそにいっているのだと、いよいよ自分が浅ましくなりだし、耕平はやり切れない気分になった。

町子の方も、ちっぽけなことを口をとがらしてブツブツいう彼を、ふと奇妙に感じている。

「大崎さんのことをこんなふうに町子さんにいいたくはなかったのですが、僕は町子さんのためを思っていったのです」

と耕平はつけくわえてさらにいうのであった。

まだ子供だなあ――と町子は、そんな気障《きざ》っぽいことをいい出した耕平をちょっぴりせせら笑いたくなったが、また彼が初々しい学生にも見えるのである。そして、ちょっと、いじめてやりたいような気持になって、

「大丈夫、うち男の人の誘惑には自信あるわ。ただし、自分の方から大崎さんを好きになるのが怖いと思うの、そうなったら、難儀なことやと思うわ、まあうち、自分の眼で大崎さんをよう観察してみる、それでもしうちの方から好きになったとしたら、その時はあらためて鳥井さんに相談するわ」

といった。耕平はちょっとひきつったような顔になり、上を見たり、下を見たりするのであった。

ふと、目が覚めて枕元の時計を見ると、もう十時を過ぎていた。ハッとしてベッドから抜け出した恭太郎は、すぐ北浜の仲買店へ電話したが、彼の顔はちょっと曇り出した。

小豆中物第一節の寄付きが五十円高をつけているのである。小豆は依然急騰しつづけるようである。

「こらちょっと目をすったかな」

恭太郎は売建てしているのであるから、相場が騰がりつづければそれだけ損を受けることになる。

電話を一旦《いったん》切って、五十円ひかされた損ぎりを承知で玉を手じまおうか、それとももう少し様子を待ってみようか、恭太郎は爪《つめ》をかみながらしばらく考えた。スタートを間違ったというのが何となく癪にさわる。

昨夜おそく朱美といっしょに白浜から帰って来、疲れた体で道頓堀のあちこちの酒場を飲み歩いたので、体がひきつるようにだるく、昨夜の深酒はまだ頭の中にずっしりと重くのこり不快な気分である。それに今、小豆の五十円高を知らされて、よけいに憂鬱な気分になり、恭太郎はも一度ベッドにもどって頭から布団をかぶった。

建玉を一旦手じまうか、もう少し待とうか、と考えながら、うつらうつらとし、ハッと眼ざめて、よし、一旦、ここは見切って、再出発をしよう、と決心し、ベッドからふたたび起き上ろうとしたとき、けたたましく電話が鳴った。

あわてて、受話器を耳にすると、

「ああ、大崎さんだっか、もしもし」

順吉の声であった。

「順さんか」

ちょっと、忙しくて北浜には御無沙汰《ごぶさた》したが、お元気ですか、と恭太郎が笑っていうと、

「ヘエーおおきに」と順吉はいったが、すぐ、

「そ、それよか、大崎さん、二節の寄付き、先物百二十円方騰げよりましたん知ってはりまっか」

とどなるような調子である。

「えらい目算違いなことになってもたなあ、おれとにかく一旦、投げるわ、やりなおしするわ」

すると順吉は、いらいらした調子で、

「何いうたはりまんねん、ここで投げたら、何してるこっちゃわけがわかりまへんがな、絶対に大勢は下げだす、わての予想に間違いはおまへん、しっかりしとくなはれや、これ位で気持をぐらつかしたらあきまへんぜ、勝負はこれからだっせ」

まもなく相場は下げに転ずるから、玉を見切るな、と順吉は恭太郎を励ますようにいうのであった。

「よっしゃ、わかった」と恭太郎は電話を切って、ソファに坐り、煙草を口にした。そ

して罫線を取り出して卓の上へ拡げて見る。順吉は、あのように自信ありげにいうのだが、やはり相場は上昇の一途をたどるのではないかと心配になってきた。だが、ここで持玉を投げてしまったら、順吉が、いわば自尊心を傷つけられたとして悲痛な気持になるのではないかと、彼が哀れに思えてくるのである。恭太郎は勝負事に人の意見や感情などを考慮することを生理的にも嫌う人間だが、順吉が町子の父親でもあるということが、やはり心の中に位置をしめて、ふと柄にもなく弱気になっているのである。そんな自分に舌打ちして、灰皿の中へ神経質に煙草をもみ消した。

(全部飛ばしてしまうとしても、たかが五十万円や、穀物相場の入学金やと思うたら高いもんやない)そう口の中でいって、わざとらしく大きな欠伸《あくび》をした。

三時になって第三節の寄付きを仲買店へ電話をかけて問い合わしてみると、あきらかに小豆相場は暴騰であった。前場の百二十円高が、二百十円高にはね上っているのである。活気づいた仲買店のざわめきが、受話器から恭太郎の耳へ押し流されるように聞こえてくる。

舌打ちして電話をきると、待ってたように電話が鳴り出した。

「あ、もしもし」

やはり、順吉であった。

「こ、これからだっせ、こんなもんほんのかすり傷や、悲観したらあきまへん、これからが相場師の腹の見せどころや」

受話器を通して順吉の興奮がはっきりわかる。声が、ふるえていた。順吉は一枚の建玉をしているわけではなく、ただ人の持玉を気にしてあわてふためいているだけだから、気楽なものだといってしまえばそれまでだが、順吉の熱のこもった口調に恭太郎は、ふと好感をもった。

「大丈夫かな、俺は完全に今度は失敗やと思うのやけど」

恭太郎がニヤニヤした口調でいうと、

「わてのいうことどうぞ信じとくなはれ、わては相場しか自信のない男だす、こんなところで売りや売りやいうてるさかい人は皆頭からわてを阿呆あつかいしよりまっけど、今にわてはこいつ等見かえしたるつもりだす。わては三十年間この道で苦労して来た人間だす。絶対に自信があるさかいはっきりいうてまんねん、わてはお宅に素人ばなれした儲けかたがしてほしいのや、どうぞ、わてを男にしてくれなはれ」

そういう順吉の声には必死な思いがこもっていた。

名古屋の某資産家筋の買物があらわれて、俄然《がぜん》、小豆相場は急騰し、六千円台を突破、六千二百八十円の高値をよんだ。翌月になっても、買付の勢は衰えず、ついに六千五百七十円の新高値をよんだ。北浜の有力な商品仲買人丸十、金城などが一せいに買って出て来たのである。利喰い目的の買占めに違いないが、こうした大手が手をつないだように買い進んで来たので、受渡日が近づくと売り方は算を乱してバタバタと倒れはじめた。

投機市場はわずかな証拠金での空売りを特徴とするので薄い資本の客が大勢混っている。一度目算が違うと否《いや》でも応《おう》でもあまり損が重ならないうち、急いで持玉を投げ出してしまわなければならない。相場に意地をはって、こうしたくさり玉を抱きかかえているととんでもない大怪我《けが》をすることになる。

薄資買方にしても、売方にしても、常に手一杯の買建、売建をして証拠金以外のいざという時の資金を残していないのが多いから、代議士が解散を怖《おそ》れているのにも似て追証とか実株取引を極度に怖れている。それでいて、くさって来た持玉に意地をつけるのが多いのだから救われない話で、アレヨアレヨという間に建玉は追証金の算段がつかぬまますっ飛んでしまうものだ。

恭太郎も、そうした敗残者の一人になってしまった。べつに順吉のいうことを信用してねばったためではなかったが、知らず知らずのうち意地がくわわって来て、そのうち、何とかなるかも知れぬと追証金を払いながら、とにかく持ちこたえようとしたのが失敗だったのである。次々と後をひく追証金の攻撃にさすがの恭太郎も苦り切った。別にしてあった四十万円程の郵便貯金にも手がつき、見るみるうちに金は残り少くなった。

沢田順吉は、そうした恭太郎を見ていられなくなったのか、自分の予想の見当外れを恥じたのか、北浜へ顔を見せなくなった。

「――だから私は、最初からあんな予想屋とつき合うのはおよしなさいと大崎さんにいった筈です」

　耕平は大崎の下宿へ来て、彼が相場で大損したことを難じるような調子でいうのである。

「いや、俺は何も順さんの予想を一方的に信じて玉を手じまい損なったんと違うんや、俺に心のゆるみがあったんで、自業自得や」と恭太郎は順吉に相談する気になったのは事実だが、一方的に信じたのではない。結局自分だけの失敗だと耕平に話した。

「俺は相場ではまったくのヒヨコやということがこれではっきりわかった。やっぱり、しもた！　と思った途端に見切りをつけといたら、ちょっとの損ですんだんや、兵は拙速を尊ぶか、つまり、あきらめというもんが肝腎やなあ、君、こら女にも通ずる教訓やぜ」と恭太郎はカッカッカッと笑い、大きな損害もさして苦にしていない調子でいうのであった。

「それで、どうするのです、まだ相場をつづけるのですか」

「いや、つづけるにも、もう資本が底をついてしもたわ、もともとわずかの資本で相場やってんねやさかいな、残念ながら、大崎恭太郎、今回ばかりは一敗地にまみれた」

　そして大きくのびをしながら、床の間の掛軸の方に眼をやり、

「一心、二物か、君、こら順番が間違うてると思えへんか、勝負事はやっぱり心がまえより資金が大事や、百万円の損くらい二百万円くらいの資金があったらとりかえしがつくもんや、そやから、一物、二心ということになるのと違うかいな」などと呑気《のんき》そうにしゃべりながら、恭太郎はその場にごろりと横になった。

「それじゃ今回の相場で約百万円の損害ですか」

耕平は、つとめて人事に思おうとしたが、どぶの中に大金を突っこんだようなものだと、むかむか腹立たしくなってくるのである。

「そや、あと何ぼくらい金あるのやろ」とむっくり起き上った恭太郎は隣の六畳へ行き、四つんばいになって、ベッドの下から麻の袋を抜き出した。そして耕平の前へ来て、袋をさかさまにしてふると、千円札がチラシのようにヒラヒラ降って来た。

「郵便貯金を全部現金にかえたんや」

といって、かき集めてくれといい、その金を耕平と二人で一枚二枚と数えはじめると、四万八千円あった。

「ヘッ九十三万あった金が、たったの五万円たらずになってもた、あっけないもんや」

と恭太郎は人事のようにいい、その中の一万円を耕平の膝の上へポイとほった。

「これ君の給料や」

「いや、僕は、結構ですよ」と耕平はその金を畳の上へおき、

「大崎さんが、そんな大きな損害を受けられたのに、僕が給料をもらうなんて気がひけます」

「まあ、そう遠慮するな、そのかわり学校の代返の方、しっかり頼むぜ」

「そりゃもう——しかし、今度は大崎さんにも似合わぬ失敗でしたね、やっぱり失敗の原因は、あの予想屋にかきまわされたからじゃないのですか」

耕平は、またしても予想屋順吉のことを非難するようにいった。その順吉の娘の町子に気がある恭太郎は、自分の言葉をいかに感じとるか、つまり彼の嫌がることを耕平はわざといい出したのである。「あんなところにうろついている人間にろくな奴はいませんよ」とつづけて耕平はいい、順吉の家庭に接近しつつある恭太郎をくさらせようとつとめているのだが、こうしたいい方は耕平の得意とするところであった。

「あの予想屋も根は悪くないのでしょうが——やっぱり深く接近されない方がいいのじゃないですか」

耕平のしつこく浴びせてくる言葉を恭太郎は眼を閉じて聞いていたが、ふと四角ばった態度で、

「君、君はそういうことにまで口ばしを入れてくれんでもええのや」

と耕平をにらむようにしていったのである。

ハッとして耕平は、「いや、僕は、何も——」

と口をもぐもぐさせた。恭太郎が怒った顔を耕平ははじめて見て狼狽したのである。

自分のいったことが、やはり恭太郎にとっては痛いところであったのかと彼の顔が硬化したことに溜飲《りゅういん》が下がるような、後悔するようなボーッとした気分になってしまい、とにかく素直に、

「つまらぬことをいってすみません」

と謝った。そして、耕平は面目なさそうに眼をしょぼつかせてうつむいてしまったのである。

「何も怒ってるのやないがな」

と恭太郎は、もういつもの磊落《らいらく》な調子にもどって、カッカッカッとほがらかそうに笑い、

「つまりやな、僕は君に少いながらも月給を払うてる、それやから君は僕の命じたことに批判なしで黙って働いてもらいたいのや、そら僕のやってることは君の眼から見たらえらい間抜けに見えるやろうけど、なんせ僕は自分のやったことにあまり後悔せん性やねん、それやから僕に後悔めいた気持を起させんといてほしい、とまあこういうわけや、一つ気分なおして僕に協力してんか」

「はあ――」耕平は、近頃、だんだんと反撥めいた気分で見つめるようになった恭太郎ではあるが、このようにおだやかな口調で彼に説諭されると、妙に胸がじーんとしてく

るのである。ぽつねんと眼の前にある一万円の金を見つめながら耕平はもう一度、

「すみません」といい、しかし、（彼は四、五万円くらいの現金しかない、これで一体どう立直る気なんだろう）と何となく胸のすくような感じと哀れさとを、ごっちゃにして味わっていた。

資金が切れてついに玉を手離してしまうと、恭太郎はようやく淋《さび》しい落着きを得、同時にぐったりと倒れてしまった。

いわばこの相場の資金をつくるため、これまでいろいろな仕事に手を出し、長いあいだかかって、ようやく九十数万円の元手を貯めたのだ。それをわずか十日間ばかりできれいにすってしまったのである。資金を一気に飛ばすか、何倍かにするかの一発勝負を狙ったのだから仕方がないというもののそれにしても途中から相場に意地をつけ出したりして、随分軽卒なことをしたものだと、ふと見つけた自分の欠点を恭太郎は充分反省した。といって、彼はいたずらに帰らぬ悔恨に長い時間をかけることはしない。

一日か二日、煙草をふかしながら、部屋の中でごろんごろんとして天井を見ていたが、三日目には姿勢を取り直して、久しぶりに学校の本をとり出し、中間試験の準備に、ぼつぼつかかり出したのである。

窮境にある時は、一切のぜいたく、一切の感傷を捨てて、つとめて快適に現状に取り

組むべく彼は努力するのであった。

皮肉なもので、恭太郎が持玉を放棄するとようやく荒れに荒れた相場は一段落し、じわじわと下がり気味になっていく。一切をあきらめ切った気持だが、恭太郎は時々罫線をひいてみては、これを逆に買って出ていたならどれ程儲かっていたかと苦笑することもある。人生は一番勝負、指し直すべからず、と誰かのいった言葉を思い起し、恭太郎はつくづく勝負の世界のきびしさを感じるのであった。

——そうしたある日、「お客さんでっせえ」

階下のしる粉屋の女給仕に呼ばれて、階段をかけ降りた恭太郎は思わずニヤリと笑った。

「なーんや、ようここがわかったな」

町子なのである。

「えらい探しましたわ、電話帳で住所しらべてやって来ましてん」

町子はグリーンのスーツ、そして鹿皮《しかがわ》のハンドバックをさげている。

「パリッとしてるねんな」と恭太郎が町子の身なりをしげしげ見つめていうと、

「パリッとしてるって、大崎さんがうちにプレゼントしてくれたものやないの」

と町子は白い歯を見せて笑った。

「ああ、そうか」恭太郎はやっと気がついて、

「そうすると僕の女服の見たては、まんざらでもないらしいな」と笑い、

「まあ、二階へあがりいな」

――二階へ上ると町子は、

「わあ、ええとこに住んではるのやなあ」

とスカートをくるくると廻しながら、八帖の日本間、六帖の洋間の間を行ったり来たりした。

「ここ家賃、何ぼぐらい？」

「家賃か、一万円や」

「へえー、えらい高いねんなあ、そやけど高いだけのことはあるわ」

と生真面目な顔つきでうなずきながら、ちょっと窓のカーテンを開けて見て、

「ちょっと環境が悪いな」といい、次に洋間の部屋の隅のところを指さして、

「このへんにピヤノがあったら、もひとつすばらしいのになあ」

などといって恭太郎の顔を見、面白そうに笑うのである。青春時代を職工街のバラック小屋で送っている恵まれない娘が、かねがね胸に描いていた夢を一生懸命になって設計しているといった感である。

そうした町子を恭太郎はいじらしく思いながら、ベッドに腰かけボンヤリ眺めていると、

「ここ、女の人の出入り多いのと違います？」

と町子はいたずらっぽい目つきを恭太郎に向けた。

「僕は女の子に自分の住所を教えん主義や、教える位ならとっくに君に教えている筈やないか、第一、君のつとめているアルサロはここは眼と鼻の近くにあるねんぜ、窓から見えるやろ」

ああ、見える、見える、と町子は窓から遠くの方を見ていた。

「女の子に自分の住所を教えんということは、いかに僕が女性関係にかたいかということを立証することになる」

「そら逆説やわ」

「逆説？」

「女の子にシッポつかまれんよう警戒しているわけやないの」

町子は耳を覆っている柔かいふさふさとした髪の毛をちょっと手でおさえ笑いながらいった。

「なかなか、いいまんな」恭太郎も笑った。

「あ、そうそう、これ、つまらぬものですが」

町子は隅においていた風呂敷包をといて、菓子箱を取り出し、卓の上においた。

「えらい気ィつこうてもろてすんまへんな、何ですねん、これは」

恭太郎が菓子箱を開けると、貝の形をしたモナカの皮で包んだしる粉の素《もと》がぎっしりとつまっていた。

「こらしる粉の素やないか、ここの家はしる粉屋でっせ」

「そうですねん、うち、そんなこと、気ィつかへんさかい――」

大丸で買うて来てしもたのだと黒眼がちの眼をくりくり動かして町子はいった。

「まあ、ええわ、僕はもらうもんは何でももろとく主義や」

と恭太郎はカッカッカッと笑って、しる粉の箱を棚の中へしまった。

「お父さん、どないしている、その後？」恭太郎はふたたびベッドに腰かけてニヤリとして、

「えらいしょげとるやろ」

「うち、今日は、そのことで来ましてん」

町子はちょっと開き直った顔つきになり、椅子から立上ると、今度は恭太郎の足もとへ坐るのである。何をするのかと恭太郎が眼をパチパチさせていると、

「父が、とんだ御迷惑をかけまして――」

と前に手をついて、町子は頭を下げるのであった。

「な、何してんねん」と恭太郎はあわてて、町子の手をとり、椅子に坐らせた。そしてふたたび、カッカッカッと笑って、

「だしぬけにびっくりするやないかいな」

町子は急にしぼんだように小さくなってしまっている。

「父は大崎さんに逢わす顔がないというてるのです」

「逢わす顔がないなら、逢わさなんだらええやないか」

町子は神妙にうつむいていたが、その恭太郎の言葉にピクッと体をふるわせて苦しそうに笑った。

「今度の相場では僕はええ勉強したと思うてるのや、ちょっと、授業料が高かったけどな——というて僕は君のお父さんの指図通り相場したのではないねんぜ、自分勝手に好きなようしたんやから自業自得や、誰も恨むことあれへん、とにかくすんだことはもう仕様がないやないか、お互いに気ィ落さんとがんばりまひょ、と、こないお父さんにいうといてんか」

恭太郎のその磊落な言葉を聞いていると、町子はふと涙が出そうになった。それを無理に笑って見せて、

「本当にすみません」といった。

「それで大崎さん、これからどういう方針をとりはりますの、うちの父がえらい気にしてちょっと聞いて来いといいますの」

「僕かいな、僕はしばらく相場から気ィ抜こうと思うてるねん、花合せやないけど手が

つくまでおちでも出す気でしばらくぼんやりしてるわ」

これまで恭太郎はさまざまな仕事をやって来たが、じつによくついていた。間違って手を出したとも考えられる電話ブローカの仕事がふとしたことから知り合った中国人に外人の客をつぎつぎに紹介してもらって当り出したし、気がすすまぬながら人にすすめられてやってみた自動車セールスの仕事もちょっとしたきっかけから会社筋の上得意を握り、大儲けしたこともある。数えてみればどれもこれもが運がよかったの一語につきるが、こうしてかなりの貯金も出来、大事をとって他の仕事一切を放棄し、沈思熟考の末、ようやく手を出した相場がこのざまなのだ。

つくとは子供の縄飛びのようなもので、はじめにうまく飛びこめば、あとは飛んでいるだけで縄、つまり運というものは頭の上と足の下を調子よく廻ってくれるものなのである。だが反対に最初に縄を飛び損うとどうも調子が合わない。あれだけ慎重を期して考えぬいた相場に失敗したというのも、結局飛びこむタイミングが合わなかったのであると恭太郎は考えている。当り出したらある程度まで大胆に勝負を続行するが、曲ってしまったなら、手控えて、まず自分自身が冷静にならなければいけないという意味のことを恭太郎は町子にいうのであった。

「君のお父さん、そやけど相場だけはよう勉強してはるわ、お父さんの研究熱心には僕、尊敬してるねん、昔は大分儲けて、豪勢な生活をしやはったこともあるのと違うか」

「ええ、そらお父さんにかて全盛時代はありました。そやけど、うちが赤ん坊位の時分ですさかいはっきり覚えてません、何せ芝生のある大きな家に住んでいたことをうっすらと覚えてます」

「フーン、またそのうちボカンと大穴を当てはるときもあるわいな」

ちょっと、お茶を入れるわ、と恭太郎が立上りかけると町子は、ほっといて下さい、ほっといて下さいとそれを制しながら、

「あの、うちのお父さん、もし大崎さんがやる気ィあるのやったら、これ一つ、どうやろ聞いてみてくれといわはりますねん」

町子はちょっと気兼ねした気弱な口調で、ハンドバックから一枚の罫線を取り出した。

「大洋製紙です、そやけど、大崎さんは当分相場する意志はありまへんなあ」

父親にことづかってきたことだから一応義務で話すのだけれど――という調子で町子は淋しげな微笑をして、すぐその罫線をひっこめようとした。

「大洋製紙か」

恭太郎はその罫線を手にとって眺めた。このところ、大洋製紙は徐々に買人気がついてきていることは恭太郎はうすうす気にはしていた。だが、こうして大きく頭を打ったあとだし、それに第一もう資金がない。またあまり興味もわかなかった。

そうして見るともなしに、ぼんやり罫線に見入っている恭太郎の横顔を見ているうち、

町子は、さも自分が父親と共謀して恭太郎に投機をすすめに来たというふうに受取られるのではないかと怖れて、

「相場てこわいものやわ、絶対に確実ということがないのやさかい――」

と彼の眼の色をうかがうようにしていった。

「いや、それ程でもないけどな」恭太郎は罫線から眼を離して顔をくずし、

「とにかく、今、僕は相場やるにもオケラや、もうちょっと時期を見て、スタートを切りまっさ」

と罫線を町子にかえす。町子は何だか気恥ずかしい気分になり、顔を赤らめてハンドバックへしまうのであった。

町子にしてみれば、父が損害をかけた恭太郎に何とかしてつぐないをしたい気持なのである。それにはやはり恭太郎に、父親の指導で相場に勝ってもらいたいのだ。そうでなければ父親も浮かばれぬと町子は思うのである。

「うち相場のことは、はっきりわかれへんけど、大洋製紙のように長いあいだ沈滞していた株が急に動きはじめるということは、何か会社に好事情がわいたか、大手が操り出したか、どっちかということになるのと違いますの？」

日々、父親が家族の誰にということもなく、口ぐせのように話している相場のわずかな知識をたよりに町子はそんなことを恭太郎にいい、わざととりすました顔してちょっ

と顎を出した。

「君、えらい株のこと、くわしいねんな」

「そら、やっぱり蛙《かえる》の子」

いっしょになって笑ったが、しかし、恭太郎の頭の中には急に大洋製紙のことが行ったり来たりしているのである。たしかに今町子がいったように大洋製紙は二年ばかり前、景気の悪化からひと頃三百五十円から四百円の間を動いていた株価が落ち続けて百円ポッキリ。ついに減資の止むなきにいたり、着々整理もおこない、一昨年からどうにか一割配当をつづけている。二年間鳴かず飛ばずの株価がどうしてこのところジワジワ動き出したのかと、ふと投機意識が働きかけたが、あかん、あせるな、しばらく休め、と投げ出すように自分にいい聞かせて、ふっとわれにかえった。

町子が、そろそろ店（アルサロ）の時間だというので恭太郎は階段の途中まで送って行き、

「すまんけど、一丁、あれたのむわ」

「あれて、何やの」

「エスキモーの挨拶」

「阿呆やな」

町子は酸っぱい顔をしたが、恭太郎になかば強引に体を支えられると、眼をつぶって

彼の鼻に自分の鼻を合わせた。だが、恭太郎が唇を触れさせようとすると、町子はパッと頭を振って体をはなし、

「ああ、うまいことといった」

といってキャッキャッと笑い、スカートをヒラヒラさせながら、階段を逃げるように降りて行った。


ようやく中間試験もおわり、冬の休暇が近づくと卒業前の大学生達のあいだには一種のセンチメンタルな感情が行きかい、ふと四年間の大学生活を反省する気になるのか、それともこれからの就職戦線が思いやられるのか、何となく無気力になり、口かずも少なくなってしまう。学校の中央講堂の二階にある演劇部の部室には、四年生の部員達がストーブを囲んで股《また》をひろげ、角帽をあみだにかぶり、煙草をけむそうにふかして、すでに終った秋の公演会の脚本を誰かが力なく読むのを、わびしげな顔つきで聞くともなしに聞いている。

「今日は」階段をあがって来てこの演劇部のドアを開けたのは恭太郎であった。

「なーんや、大崎やないか」声をかけたのは演劇部のキャプテンの矢田である。

「お前、中間試験受けたんか、感心やのう」といったのは、マネージャーの栗野だ。

「お前、相場でえらい損をしたそうやないか、自殺せんでもええのか」

彼等は公演旅行とか定期公演会などの時、恭太郎から度々借金することがあるのだが、別に恭太郎は利子などとらぬのに高利貸などと綽名《あだな》をつけている。それを恭太郎は別に嫌がりもしないで彼らのことを芝居屋などと呼んでいるのだ。

「ちょっと、お前等芝居屋に頼みたいことがあるのや、たまには俺のたのみを聞いてくれ、のう芝居屋」といって傍の椅子に股がり、

「お前等、俺にちょっと儲けさせてくれんか、相場で一発ゴンとやられてから、近頃、小遣銭もない始末や、このまま行ったらおれ日ぼしや、哀れに感じたってくれ」

と恭太郎は、ニヤニヤ笑いながらいうのである。

「そら、わいら、高利貸にはよう世話になったさかいわいらで出来ることやったら何でもさしてもらいまっせ」

とキャプテンの矢田も冗談めいた口調でいうのであった。

「十人程、人間貸してくれ、巡業してこましたろと思うてるのや」

「巡業?」

「ドサ廻りや、相場師はしばらく止めて、興行師をやったろと思いよるねん」

「ドサ廻りにしても、一体どこへ行くんや」

「いや、そら、もうおれにまかしといてくれ、悪いようにはせん」

「そら、お前のこっちゃさかい、大丈夫やろと思うけど、十人いうたら二年三年も連れ

てかんならんさかいな、あいつ等、どないいいよるやろ、何せ、今日でおいら、下級生に部長、マネージャーの地位はゆずったんや」

矢田がいった時、階下の講堂で何かの演技練習をしていた下級生がぞろぞろと部室へ戻って来た。

「ああ米花《よねはな》さん」

矢田は、その下級生の中の赤いふちの眼鏡をかけてちょっと気むずかしそうな一人の女子学生を呼び、恭太郎に、これ、今度の新部長さんの米花桂子《けいこ》さんやと紹介し、

「じつは米花さん……」と、恭太郎のドサ廻りの相談を持ちかけた。

「ドサ廻り？」

彼女の仮面のような血の気のない表情は、少し赤味をおびて、

「演劇部の規約にドサ廻りに関する事項があったでしょうか」

と詰問するような口調で矢田に向かうのである。

「そんなあんた水くさいこと、いいなはんな」

矢田のうしろに隠れるようにしていた恭太郎が首を出すと、前マネージャーの栗野がそれを制して、

「いや、米花さん、これは部として行くのではなく、やがて卒業する僕達とですね、残る下級生のですね、お別れ記念旅行にしたいと思うのです。だから、希望者だけでいい

のですよ」

といった。すると周囲の下級生達が、僕は行きまっせえ、僕も行かしとくなはれ、と叫び出した。

「皆さんがそうおっしゃるなら、仕方がありませんわ、じゃ私も行きます」

と米花桂子は相変らずの冷たい表情でいい、机の上の脚本などをせっせと鞄の中へしまいこんでいるのであった。その彼女の横顔を恭太郎は口をとがらし、苦り切った顔して見つめていた。

恭太郎が学校の演劇部を口説いて、巡業を思いたったというのは、手もとの金が底をついて来たからで窮余の一策である。以前、彦根《ひこね》の叔父から来た手紙に、最近、自分の友人の一人が劇場を建てたということが書いてあったから、一つ芝居を打たせてくれまいか、と恭太郎はひさしぶりに叔父に手紙を書いたのである。かねがね叔父は、この土地の顔役だといいばっていたから、何とか話をつけることが出来るだろうと思ったのである。興行は水ものであるから、成敗の予想はまったくつかないが、旅行出来ることと、芝居が出来ることを喜ぶ演劇部の学生を使えば一銭の出演料もいらないし、化粧にしても、衣裳《いしょう》にしてもみな持ち寄りしてくれるから、そうしたことにも、まず金はかからない、と見ると、たとえ失敗してもその損害は僅少《きんしょう》ですむ、恭太郎の手もとには演劇部の連中が彦根まで行く片道の旅費ギリギリあるだけで、特攻隊みたいなものだが、いわゆる御難に逢ったとしても、皆、親の脛《すね》かじりの学生ばかりだから、帰りの旅費くらい各々持っていることだろうと、あれやこれや計算した上の思いつきであった。彦根で成功したら、さらに足をのばし、叔父の顔で、長浜、虎姫《とらひめ》の方の小屋へも廻ってみようと予定したのである。相場でガンと頭を打って、もう一ヶ月半、ちぢこまっている枠の中からそろそろ抜け出し、自分のこれからの運勢をちょっと占ってみたいという気持もあったのである。

叔父からは、やって来い、大歓迎してやるとの返事がまもなく来た。

——耕平は恭太郎に学校の演劇部を利用してのドサ廻りの話を切り出された時、

「冬休みには、東京の母がこちらへやってくるのですが……」

と酸っぱい顔を作って、その同行を断ったのである。

「何なら母に来るなという電報を打ちますけれど……」

と強いていっしょに来いというなら、こちらは雇人だから行きますが……といった態度に出たのであるが、耕平は他の仕事ならともかく、学校の演劇部の連中のように学生生活を享楽している種の、いわば青春の幸福にひたっている人間達といっしょにガヤガヤ行動するのは不快な気持になるのであった。性来の陰性で、そうした彼らに嫉妬《しっと》めいたものを抱いてしまうのであり、それが露骨に顔に出てしまうことを自分で知っていて、ふとそれを怖れるあまり旅行には加わりたくないのである。だから母親がこちらへ来るなどといったのは嘘の口実なのだ。

そうした耕平の気持を恭太郎は知らず、

「そら、お母はんが来るのやったら仕様がないな、君がおらんと心細いが……」

とこれも、ちょっと苦り切ったが、すぐ、

「ほな、おれの留守中はおれの下宿を留守番がわりに使うてくれ、お母はんが来たかて、三畳一間の君のとこでは困るやろ」

といって、ニヤリとし、

「なあんていうて、君、僕の留守中に町子を口説こう思てんのと違うか」

といい、カッカッカッと笑うのであった。


大きな赤字を作りに行くのかも知れぬのに、まるで鬼の首をとりに行くようにはしゃいでいる演劇部の一行を、耕平は大阪駅のプラットホームへ見送りに行った。

「まあ、しっかりやって下さい、何かあったらすぐ電話を下さい。私は大崎さんの下宿をずっと借り切っておりますから」と耕平は恭太郎に顔をくずしていった。

「町子には、俺、旅行に行くことを知らしてないのや、もし電話でもかかってきたらよろしゅういうといてんか」

恭太郎は汽車の窓から、もうポケット瓶のウイスキーで真赤になった顔をのぞかし、陽気な口調でいった。

この旅行に加わっている四年生は矢田と栗野だけだ。普通、四年生は皆、就職運動で忙しい時なのに、この二人は、演劇運動にこり過ぎたためだが、学校成績の悪さから、書類選考にひっかかり、いまだに就職口が見つからず、半分やけの気持で加わっているのである。だが、やはり、これが学生生活最後の旅行だという感傷が作用するのか、矢田と栗野は、プラットホームの上でふざけ合い、相撲を取ったり、拳闘の真似《まね》をしたりしている。それを米花桂子が汽車の窓から、およしなさいよ、みっともない、と険のある声で叫んでいるのであった。

やがて発車のベルが鳴り、ふざけ合っていた学生は、ウァーッと叫んで汽車の中へ走りこむ。

「それじゃ」耕平は手をあげて、動く窓から体を離し、

「お元気で！」と叫んだ。

――恭太郎達を見送ってから、耕平は、ほっとした気持で、地下鉄に乗り、難波で降りた。

キラキラ眩《まぶ》しい道頓堀の夜景を見て歩き、恭太郎の下宿へもどると、

「二階にお客さんでっせえ」

と階下のしる粉屋の女給仕がいった。

「お客さん、大崎さんの？」と耕平が怪訝《けげん》な顔して聞くと、

「へえ、女の人だす、今日大崎さん旅行に発ちはりましたといいましたら、ほなちょっと、部屋の中に花かざってかえるいわはって、今、二階へあがらはったとこだす」

と女給仕はいい、ふたたび、客の注文を聞いて忙しい店の中へ戻って行った。

耕平がそっと二階へ上って行くと、八畳の部屋の床の間に町子が淡黄色の木蓮《もくれん》の花を生けていた。ふと官能的な重さのある花の匂いが、部屋の中に満ちて来たようで、耕平は、町子と恭太郎はすでにこの部屋で官能の一夜を送ったのではないかという重苦しい疑惑に包まれ出して来たのである。

「ワッ」とうしろからおどかすと、町子はハッとしてふりかえり、

「まあ、鳥井さん」

とびっくりした自分がおかしくなったのか、口に手をやって苦しそうに笑った。

「大崎さん、演劇部の人達と今日旅行に行かはったのやてねえ、水くさい人やわ、うちに何にもいうてくれはらへん」

そうした彼女のいい方に耕平の心には、ふと通り魔のように嫉妬が横切った。

「鳥井さんは、どうして行かはらなんだの」

「ああ、阿呆らしいからね」

「阿呆らしい？　何が」

「僕は、ああいうやかましい団体行動は嫌いさ」わざと、耕平はふてくされたポーズをとり、隣りの部屋のベッドへ体を投げ出すようにして横たえた。そして、

「君は、ちょくちょくここへ来るのかい」

「ううん、もう大崎さんとは、一ヶ月以上も逢うてへん、大崎さん、ずっと試験でしたのでしょ」

中間試験がおわると恭太郎は、彦根と連絡をとったり、演劇部と打合せしたりして忙しく、町子にもう一ヶ月以上逢ってないことは事実である。今、町子のいったことに、うそはないと何となくほっとした気持になったと同時に今度は、一ヶ月以上も逢えないことに辛抱しきれず、町子が自分の方からこの大崎の下宿へやって来たのだと思うと、急にまた腹立たしい嫉妬に耕平は見舞われるのであった。

「大崎さんに逢いたくて来たのにあいにく僕しかいなくて気の毒だったね」

耕平はベッドから体を起してからかった。

「いややわ」

町子は床の間の生花をおわって、

「そんなのでうち来たのと違うわ」とえくぼを作っていった。

「それじゃ一体何しに――」

ニヤニヤした耕平のいい方に町子はちょっと腹立たしくなったのか、ハンドバックを

ひき寄せて帰り支度にかかりながら、思い切って、

「うち、大崎さんにお金借りに来たのです」

「お金?」

「ええ、ちょっと、どうしても入り用になったものですから」

「君は、ちょいちょい大崎さんにお金借りてるの」

「いいえ」町子は心持緊張した顔を耕平に向けた。

「一度、町子さんにゆっくり話そうと思ったことだが——」

耕平は、町子のすんだ黒い瞳をちょっとまぶしく感じながら、視線をそらし、また向けたりして、

「君のお父さんをあまり大崎さんに近づけてもらいたくないのだよ、君の親孝行したい気持はよくわかるが——」

気まずい沈黙が二人のあいだに流れた。

「一体、それは、何に必要なお金なの」

耕平は重苦しい気分をふりはらうようにしていった。そして耕平は、いらだたしく頭髪をひっかいたのであるが、彼は町子に対して、つまらぬことをいったものだと後悔しているのである。

「弟が盲腸になって入院したものですから、いろいろと——」

町子は青白く顔を硬化さしていた。こんなことは何も鳥井さんにいう必要はないのだと不覚にも涙が出そうになるのだが、父親が相場をするための資金を大崎に借りたがってると耕平に誤解されるのが口惜しいから、町子は不快な塊を呑みこんでいったのである。

「大崎さんは、君、もう千円の金の余裕もないのだよ、一時は百万円位の現金を持っていた人だが、みんな相場でパアーさ」

耕平は意識していったのではなかろうが、それは、いかにも町子の父親が大崎を失敗させたのだと彼がいいたがっているように、町子は感じるのである。恭太郎が相場でいくら損をしたか町子は知らないが、今、百万円と聞かされて驚きもしたが、弟が盲腸で入院して憂鬱な時に、この男はどうして嫌味ない方を自分にしてくるのだろうと町子は悲しさとともに口惜しさともつかぬものが咽喉元《のどもと》にこみ上って来た。急に恭太郎が懐しくなり出した。町子は、さっと髪の毛をふって立上る。

「うち、帰ります」

耕平は、自分の言葉に気を悪くして町子は立ちあがったのだと知って、これもうろたえて立ちあがった。

「まあ、いいじゃないですか、——だけど、そのお金はいくら程必要なの」

などと、町子の気を静めるつもりで一応聞くのであった。

「もうええのです」

「いや、それを聞いておかないと大崎さんに——」

悪い、といおうか、いうまいかと眼を白黒させたが、町子はもう逃げるように階段をかけ降りて行くのであった。

(何て、俺はヘマなことをしゃべりつづけたのだろう)

と耕平は舌打ちしたい気持で、しばらくぼんやりとしてその場に坐っていた。

町子に対する、いわば変態的な嫉妬から、つい心にもなく嫌味を並べてしまった自分が恨めしい。親しい心を何とか町子に伝えたいとあせりつつ、不自然に対立的な立場をとってしまう自分がつくづく情なくなってしまうのだ。自分には恋愛というものを支えるだけの体力がないのだろうか、ふっと悲しくなった耕平は階下へのっそりと降りて行った。

客の注文を聞いて忙しく、しる粉やぜんざいを運んでいる赤だすきの女給仕が、ふと耕平の顔を見て笑った。

「何て情ない顔してはりまんねん」

耕平は、途端に、キッとした顔つきになり、

「留守番の僕がいない時、勝手に二階へ人を入れないでくれ」

弟の常雄が、盲腸で入院したのがきっかけとなって、町子はアルバイトサロン「ポーランド」をやめたのである、といってはおかしいが、じつは町子がポーランドの支配人に借金をしようとしたところ、ある条件を持ち出されて、カッとなったのだ。

好色なポーランドの支配人は、前々から町子に狙いをつけていたのであるが、そして、再三彼女を口説いていたのでもあるが、その度、軽く受け流されたり、そらされたりし、ある時などはかなり手ひどくはねつけられて、それが他の女の子達にも知れて恥をかき、酸っぱい気持であったところ、彼女が二万円ばかりの借金を申しこんで来たので、待ってましたとばかり、

「月々、二万円ずつ出すが……」

二号にならんか、と切りこんだのである。町子にしてみれば、こんな支配人なんかに借金を申しこむのは、よくよくのことだが、それをつけ目に喰いつこうと、牙《きば》をむき出す支配人の態度に腹が立ち、持前の勝気も手伝って、

「うち、この店、やめさせてもらいます」

わずかの前借金でつけこまれるこういう商売がたまらなくなって、そう吐き出すようにいってしまったのだ。水商売やというたかて真面目に働こうと思えば働ける筈や、何や！　とばかり町子はポーランドを飛び出したのだが、暗い家庭のことをふと思うとだんだんアルサロを飛び出した足の力が抜け出した。

衣類などを売り払って、何とか弟の入院費は捻出したが、家族の者は食うのに困り出しているのである。

——その日も、ほとんど家具らしい家具もなくなったバラックの六畳一間の薄暗い部屋の中に、順吉と七つになる彼の息子の時雄は五目並べをして遊んでいる。今日は朝から親子とも、飯らしい飯を喰わず、すいとんばかりを食べつづけ、奇妙な音をたてる胃をもてあましているのである。

町子はポーランドをやめたので、今日も昼間から新聞広告をたよりに梅田新道のアルサロへ面接に出かけて行った。もう娘一人に頼っていてはあかんと、無意味な北浜通いを順吉は、このところ中止し、玉枝と夫婦交代で、梅田へ出、天満《てんま》の職業安定所へ通っているのだが、近頃では空腹のためか気力がなくなり、順吉の方は職安通いを女房の方にだけまかしてケツをわり、終日、こうやって、子供達と五目並べをしているのであった。時雄の方は、もう五目並べにあきてきて、盤から逃げ出そうとするのを順吉は、コラッ！　とどなって子供を前から動かさず、腹がへった、と泣き出せば、お前一人だけやないぞ、と気持の荒《すさ》んできているこの父親は邪険ないい方をするのである。

夕方になって、職安に並びに行ってた玉枝がしょんぼり帰って来た。

「どうやった」と順吉が気兼ねした視線をちらちら玉枝に向けると、

「あきまへんわ、待たされ損して来ましてん、そやけど、あんた、えらい失業者の数だっせ、わて、たまげてしもた、こら政治の貧困でんな」

といい、台所で手を洗うと、またいもの澱粉《でんぷん》でだんごを作り始めるのであった。

「町子の方は、どうしたやろ、ええ具合にいってくれたらええがなあ」

と順吉が愚痴るようにいってると、ひょっこり町子が帰って来た。

「何買うて来たん、姉ちゃん」

と幼い子供達はわらわらと町子の傍へ集り、町子の小脇にある風呂敷包を奪い取り、開けて見て、「あっ、ブタマンや」とやかましく騒ぎ出し、台所の母親に、

「お母はん、もうすいとんやめてんか」と口を揃えて叫び出すのである。

「新聞広告なんて当にならんもんやわ、今日行ったとこは結局、保証なしのオールチップ制なのよ、それにドレスがないとあかんいいよるの、やっぱりポーランドのドレス、売るんやなかったわ」

町子は淋しげに笑って、台所の玉枝にいい、次に順吉の方を向いて、

「ああ、お父さん、今日うち帰りに難波の大崎さんとこ寄ったのよ、厚かましいと思うたけど、一万円程借りよか思うて――」

碁盤に眼をやっていた順吉は、ふと視線を町子に向けてけわしい顔つきになった。

「阿呆、何でそんな恥さらしなことしに行くのや」

「ええやないの、もろうのやあれへん、借りて返すのやさかい――そやけど、大崎さん、

旅行に行かはって留守やねん、せっかく花を買って行ったげたのに」

大崎恭太郎のことを聞かされると、まだ相場をはっきり呑みこんでいない学生に、大きな打撃を与えたという罪の意識が胸に暗くわだかまり出すのか、順吉はふっと顔をそむけてしまうのだ。町子はつづけて、

「大崎さん、学校の演劇部の人達連れて田舎へ興行を打ちに行かはってんやて、何でもやらはる人やなあ」

と町子は父親の笑顔をうながそうとして小さく笑った。

「鳥井さんもいっしょに行かはったんか」

「ううん、鳥井さんは大崎さんの下宿へ留守番がわりに住みこんではるねん、いやな男」

「いやな男？」

「ううん、何でもあれへん」

夕方になって、順吉は時雄と手をつないで、三津屋町の市場付近をぶらぶら散歩に出た。

川向こうの庄内町の百姓が、大根、人参《にんじん》、ねぎ、そして、薩摩いもなどを積んだ荷車の横の石に腰かけて、刻み煙草を吸いながら、さあ、どやどや、いらんか、といって道

端で商売をやっていた。

「お父ちゃん、いも喰いたい」

と時雄が順吉の手をひっぱったのが、百姓が横手の塀のあたりへ小便に立ったのと同時だったので、順吉は、ふっと何かに憑《つ》かれたように荷車に近づき、ギョロリと周囲を見廻して薩摩いもを数個、着物の懐へ隠しこんだ。

「コラ！」

塀に向かって立っていた百姓は、のけぞるようにしていつの間にかこっちをにらんでいるのである。順吉は、あわてて時雄を抱きあげると、素早くその場を逃げ出した。が、百姓は小便を途中で止めて追いかけて来たのである。

泥棒！　泥棒！　と後からどなられながら、順吉は子供を抱いたまま、市場を突き抜け、ハアハア息を切らして路地の中へかけこもうとしたが、石にけつまずいた。順吉が前にのめると、時雄は父親の胸から離れていものようにころころ横へ転がった。

――どうしても警察へ突き出す、と百姓もハアハア苦しそうに息を吐きながら、地面に両手をついてうずくまっている順吉のえり首をつかまえていきまき、順吉はポタポタ涙をこぼして、

「おっさん、出、出来心や、何とか堪忍したってくれ」

と百姓の手を握りにいくのだが、この頑固な百姓はその順吉の手を振り払うのである。

するとは順吉はよし、男は度胸だとばかり今度は地面の上へあぐらをかいて坐り直し、今にも泣き出しそうな時雄を膝の上へ乗せて、狐つきのような気味の悪い眼つきを作って、集って来た弥次馬をにらみ出した。（ああ、俺もいよいよ、こういう浅ましい姿にまでなり下がったのか）とぼうと気が遠くなるようで、周囲がかすんで見え出した。百姓が何か盛んにどなっているが、何をいってるのかわからなかった。

そこへ、坂の上から下りて来た一台の高級車がタイヤの音を軋《きし》ませて止まった。車のドアが開いて、「ちょっと、ちょっと、あんた」といいながら降りて来たのは、羽織、帯、帯じめ、襟などピカピカ輝くようで、華美で豪奢な盛装の中年夫人である。

金縁の眼鏡を外しながら、

「お宅、沢田さんと違いまっか」

と地面にあぐらをかいて坐っている順吉に、この令夫人は近づいて来るのである。

「へエーわい、沢田でっけど――」

地面の上で順吉はちょっと坐り直したが、この令夫人に一向見覚えがなく、眼をパチパチさせるのであった。

今まで順吉のえり首をつかまえていた百姓は圧倒されるような艶《あで》やかな令夫人を見て、ふと手を離してしまい、恐縮したように少し距離をおいてその場から離れ、不思議そうにこの二つの対象を見くらべている。

「やっぱり沢田はんや、懐しいなあ、ほんまに何年ぶりでっしゃろ」

と令夫人はしみじみした口調でいったが、キョトンとした穢い子供を膝に乗せて地べたへ坐りこんでしまっている順吉の奇妙な恰好に、ふと気がついたように不思議そうな顔をし、

「一体、沢田はん、どうしやはりましてん」

そして、先程まで順吉のえり首をつかみ、今は横の方でモジモジ立っている百姓に、

「おっさん、こら一体どういうわけや」

と太い声を出して聞いた。この令夫人の言葉使いはまるで男のようで、あまり上品ではないようである。

「わいの商品もんのいも、盗みはりましてん」

と百姓に事情を聞かされて、ヘエーと令夫人は顎をひいたが、すぐ、キッとした顔つきになり、

「弁償してもろたらそれでよろしおまんねやろ、たかが、いもぐらいのことで、うろたえなはんな、一体、この人のチョロマカさはったいもは何俵でんねん」と大きく出た。

百姓は辟易《へきえき》したように、

「そら、弁償してくれはったら、それでもよろしおまっけど……な」

とおろおろした態度になり、次に愚痴るように、

「わて、この町で商売すると、きまって小便してる隙に何やかやと持って行かれまんのや」

そうした犯人はこの男という風に、百姓はじろりと地面に坐っている順吉を見たので、

「阿、阿呆吐かせ」

と今まで沈み切っていた順吉は思わぬ救援者があらわれたので、急に威猛高になり出し、立上った。そして、

「わいは今日がはじめてやぞ、何いうてけつかんのや」

といいきり立ち、懐から先程盗んだいもを取り出して、何だ、こんなくさりいも、と百姓の足もとへ投げ捨てるのであった。そこでまた、つかみ合いがはじまりそうになったのを、

「まあ、よろしいがな」と令夫人は順吉を制し、運転手に命じて車の中のハンドバックを取って来させると、その中から千円札を一枚つまみ出し、

「これでええやろ、おっさん」と百姓につきつけた。

ペコペコ頭を下げて、千円もらった百姓が引揚げていくと、令夫人は、そのうしろに、

「おっさん、これから小便する時、気ィつけよ、なあ、おい」

とどなるのであった。次に、まだ立ち止ったまま、こちらを見ている弥次馬たちに気

がつき、

「あんた等、いつまで見てなはんねん、ええかげんに引揚げなはれ」

と噛みつくようにいい、追払った。そして茫然と突っ立っている順吉の真綿のはみ出たドテラの塵《ちり》を払ってやりながら、

「お怪我おまへなんだ？　大丈夫でっか」

と優しく聞き、父親の手をしっかり握って不思議そうに夫人を見上げている時雄の頭をなぜて、

「へエこれが沢田はんのボンボンでっか、可愛《かわ》いいこと」

といい、にっこり笑った。

「何処のお方かは存じまへんが、危いとこを助けて下はりまして――」

とようやくわれにかえった順吉が、照れくさそうに深く頭を下げると、

「何処のお方か存じまへんやなんて、水くさいこといいなはんな」

と夫人はキャラキャラ笑った。

「沢田はん、あんた、わてをまだ思い出せまへんか、ほれ、あんたが一時、北浜で鳴らしてはった時、ようお世話になった宗右衛門町、大和屋の勝江でんがな、よう法善寺横丁のおでん食べに行きましたなあ、もう二十年も昔のことだっけど――」

そういわれて順吉は、ハッとした顔つきになった。

をして、

「そうやがな、やっと思い出してくれはりましたな」

元、宗右衛門町、大和屋の芸者、勝丸こと勝江や、と名乗った夫人は、嬉しそうな顔

「ほな、お宅は、あの時の勝丸」

「ここでは何や、ちょっと、わての家、来とくなはれ」

と自分から車のドアを開けるのであった。

一ぺん家へ戻って着換えて来ますわ、と順吉は破れたドテラや鼻緒の切れかかった下駄を気にしてモジモジし始めたが、

「ほんなもん気にすることおまっかいな、帰りもちゃんと送りまっさかい、さあさあ乗っておくれやす」とせきたてて、ほとんど無理やりに順吉親子を車に乗せてしまった。

車はやがて芦屋《あしや》に入り、水の涸れた芦屋川と高級住宅地との間の白い道を走って山手に向かい、広大な邸宅の門内に入って小砂利《こじゃり》をはねて止った。

「お帰りなさいませ」

「いらっしゃいませ」

洋館の玄関前に小柄な女中が数人並んで、主人の勝江と客人である順吉親子に鄭重《ていちょう》に頭を下げる。

順吉はドテラの破れ目からはみ出した綿をひきちぎり、すり切れた草履のような下駄

でへどもどしながら砂利の上をペタペタ歩き、雑布を着て猿のようにキョロキョロする時雄の手を急に強くひっぱったりして、およそこの場にそぐわない、みすぼらしいというよりは珍妙な自分の姿が急にカッと恥ずかしくなりだし、気が遠くなりかけた。

勝江は女中達に、

「この方、うちの昔の親友や、応接間へお通ししてんか」

と順吉親子をあずけた。

さあ、どうぞ、こちらへ、と女中達は順吉の前になり後になり黒くピカピカ光っている廊下の奥へ案内するのであった。

ここまでやってくるタクシーの中でのわずかな時間に、勝江が順吉に話した簡単な彼女の身の上話はこうである——戦争が始まるちょっと前に花岸五郎左衛門《はなぎしごろざえもん》という三十近くも年の違う高利貸に落籍されてその妾となり、この五郎左衛門が終戦後、中国でまったく駄目になってから、わずかな資本で、女だてらにと人に笑われながらいろいろと仕事に手を出し、今では小さいながら三つの会社の女社長をやっとります——ということであった。

それにしても大和屋の芸者時代、はっさい（お転婆）だけが売りもので気の喰わぬ客とはつかみ合いの喧嘩をしていた気の荒い勝丸が、芸者などいつまでも出来る女ではないと当時の順吉も見ていたけれど、今ではこのように豪壮な邸宅に住み、三つの会社の社長をして女王のように振舞っているとは夢にも知らなかった。

小さな滝のある庭に面した緑の絨氈《じゅうたん》の敷かれた大きな応接間に通され、腕椅子の上の紫色の布団が汚れぬかと心配しながら、順吉は時雄を自分の膝に乗せてそっと坐り、周囲をキョロキョロ見ながら女中が運んで来たコーヒーをペコペコ頭を下げてすすった。

「お風呂へどうぞ」

女中に何度もいわれて、順吉は時雄を抱き、庭のくつ脱ぎ石から庭下駄をはき、女中に案内されて苔《こけ》のついた飛石を渡り、離れに作られてある風呂場へ行った。

大きな切り立った岩をつい立てにしている浴槽は、青石、赤石、黒石などで囲んであり、横手の水槽には大きな金魚が数匹泳ぎ、小さな水車がゆっくり廻っている。

世の中には、こういう暮しをしている人間もあるものかと、湯槽の中でホカホカ上ってくる湯気を見ながら順吉は溜息《ためいき》をついたが、二十年ばかり前、新東の暴騰で儲けた時、箱根の温泉で数日間家族といっしょにゆったりした気分ですごしたことが、ふと昨日の出来事のように脳裡をかすめた。

そうした父親の景気の良い時分を知らぬ膝の上の時雄が、

「これが温泉たらいうもんか」と父親の顔を見上げていった。

風呂を出ると女中が待っていて、奥様が、これを着て頂くようにとおっしゃいましたからと、一重ねの大島の衣類に真新しい下着、それに、これはお坊っちゃまに、と子供用のかすりの着物まで用意されてあった。

二十年も前にちょっと贔屓《ひいき》にしていた、元芸者とその客というただそれだけの関係で、今は身分に雲泥の差がある勝江から、あのような窮地を救ってもらったその上に、このような待遇を受けてよいものかと気味の悪い位に順吉は感じながら、女中に帯をしめてもらったり、えりを直してもらったりしたが、こうなったからには少しは昔の威厳をとり戻さなくてはと思い、エヘンと咳払《せきばら》いして、行くぞ、といって時雄の手をとり、庭下駄をつっかけた。

「お食事の支度がこちらに――」

と別の女中に案内されて、今度は十畳の日本間へ通され、床の間の掛軸、置物、額、屛風など親子でキョロキョロ見廻しながら、鯛《たい》の塩焼、鮪《まぐろ》のさしみ、小鮎《こあゆ》のあめ煮、金《きん》平牛蒡《ぴらごぼう》、煮豆、卵の目玉焼の料理が一ぱいに並べられた卓の前に坐った。

女中がお吸物、おひつ、お茶などを持って入れかわり立ちかわり入って来、さあ、どうぞ、と湯気の立った御飯をさし出されると、時雄は眼を大きく見開いて小刻みに震え出すのである。父親の順吉も久しぶりで人間の食う食卓を前にし、胸がつまるのであった。

奥様は今、お客様とお話し中ですから、どうぞお先に――とそう女中にいわれて、順吉は恐縮したように何度も頭を下げた。

食事が終って、順吉は久しぶりに人間らしい豊かな気持になり、ゆったりとした気分で楊子《ようじ》で歯をせせり、眼の前の目玉焼を未練げにつつきにくる時雄の手をピシャリとたたいたりしていると、襖が開いて勝江が入って来た。

「奥様、たいへん、御馳走になりまして……」順吉が坐り直して礼をいうと、

「奥様なんて水くさいこといいなはんな」

と勝江は笑いながらじっと順吉の顔を見て、

「風呂へ入って着るもん着たら、えらい男前にならはったな、やっぱり磨けば光るもんや、うん」

と感心したように自分でうなずいた。

そして女中達に、これ、早よ下げなはれ、と卓の上の食器類を指して追っぱらい、

「今日は、うちの友達連中がうちの誕生日を祝いに来てくれてまんねん、あんたも顔出してくれはりまっしゃろ」

「えっ、今日は奥様、誕生日なんですか」

と、順吉は、また形をちょっと直して、それはどうも、お目出とうございます、をいいかけると、

「あんた昔、うちの誕生日にお腰買ってくれはったことがおましたなあ」

と勝江はキャラキャラ笑いながらいった。

順吉はうろたえるのである。たしかに、そういうことを昔はふざけて芸者などにした記憶がある。

「さあ、奥の間に行きまひょ、皆んな待っとるさかい」

といわれて順吉は、

「そやけど、わてみたいなもん奥さんのお仲間に入れてもろて、よろしおまっしゃろか」

と恐縮した眼をしょぼつかせると、

「あんたは、うちの昔の友達やないかいな、しょうもないこといいなはんな」

と勝江はまた笑い、腹がふくれてねむそうにあくびをしている時雄にふと気づいて、

「そや、ボンは帰らな、お母ちゃんが心配しやはりまんな」

といって、お竹、お竹、と女中の名を呼んで手をパチパチたたきはじめた。

お竹が出てくると、

「さっきいうてたあれを持って来なはれ」

と命じて、風呂敷包を持って来させた。

「これに、お召《めし》に羽織やらが入ってるさかいな、お母ちゃんへのおみやげや」

そして、勝江は時雄の頭をなぜて、

「お父ちゃんは昔の友達の誕生日に出てはると、こないお母ちゃんにいいなさいや、ほ

んまにええ子やなあ」

時雄には女中の一人がつきそって、タクシーに乗り、勝江と順吉は玄関先へ並んで二人を見送った。

タクシーが門の外へむかって走り出すと、車の窓から首を出している時雄に、「万歳」といって勝江は手をあげ、次に順吉に、「ほな行きまひょ」

廊下をすたすた歩いて行く勝江のうしろに順吉は恐縮した足どりでついて行くと、ふと何かを思いついたように勝江は立止って順吉の顔を見上げた。

「あんた、皆んなの前では、うちの昔の恋人ということにしておいてね」

と勝江はニヤリとしていうのである。

「そらまた、どういう意味でっか」と順吉が頓狂な顔をすると、

「つまりやな」

勝江のいうのはこうである――自分は元来、男嫌いで通っているのであるが、今ここへ集っている女の朋輩《ほうばい》達はそれぞれ亭主以外の恋人を持っており、男関係のない自分のことを女のインポだと笑っている。そこで今夜は順吉を今まで隠していた自分の昔の恋人だというふうに皆に紹介し、一座をあっといわせてやろうという趣向だ――

それを聞かされた順吉は、おろおろし出し、

「そやけど、そんなことしたら、奥さんの、旦那はんに悪いことおまへんか」

といったが、

「うちの宿六かいな、あら中風や、あんなもの問題にせんでもかめへん」

と勝江はいって順吉の着物のえり元や裾の方へ手をやって乱れを直してやり、

「あんた、うちに奥さん奥さんと他人行儀な呼び方せんと、勝ちゃんと気安う呼びなはれ、ほんまに昔から思うと、あんた、えらいインケツになったなあ」

そして勝江は、「しっかりしいや」といって順吉の肩をポンとたたき、キャラキャラ金歯を見せて笑うのだった。

奥の十畳の客間には、和服姿の中年の三人の女、三人の男が、料理や銚子《ちょうし》の並んだ大きな卓を丸く囲んで坐り、先程からもうかなり場ははずんでいたものらしく、全部揃って何かキャッキャッと笑い合っていたが、襖が開いて勝江が顔を出すと、

「待ってました！」

「何処で浮気しとった！」

などと一座の中から黄色い声がかかり、縞の着物に博多《はかた》帯《おび》をしめた色の白い華奢な男が、

〽待った辛《つら》さを背中で見せて――

と都々《どど》逸《いつ》を唄いながら、体をくねくねさしてうしろの方へひきしぼり、ふたたび一座は活気づいてキャッキャッと笑い出した。

勝江はその場に立ったまま皆を制し、

「お前ら、ちょっと、聞いてんか」と大きな声を出し、「今までお前らに隠してたうちの昔の恋人やがな、今日のうちの誕生日にかけつけてくれよったんや」

といって、ニーッと金歯をむき出して笑った。

「ほんまかいな」

一座の中からは、ゲラゲラと笑い声が起り、弥次が飛び出し、勝江のいうことを信じようとしないので、

「ほな、勘平《かんぺい》さま」

と勝江は襖の蔭《かげ》にかくれてモジモジしている順吉の手をぐいと握って中へひっぱりこんだ。そして順吉に寄り添うようにし、トロリとした奇妙な眼つきをわざとして、座敷の中を芝居の道行のようにくねくね歩きはじめたので、一座の者は眼を見張って、アリャッと、声を出した。

順吉を席につかせると、勝江は、「まず沢田はんにこのメンバーを紹介しまっさ」と周囲に坐っている婦人を指さしながら、栄子はん、米子はん、菊代はん、と順々に紹介しはじめ、彼女の御主人はどこどこの会社の社長、どこどこの会社の重役、とつけくわえて簡単に説明した。順吉はただもう恐縮するだけで、ペコペコと頭を下げつづけ

た。

男性側の方は、手前はかように申すもの、以後、御じっこんに、などといいながら、おのおの名刺を出し、順吉の前にさし出す。順吉はふたたびかしこまって体を低くし、「わて名刺、今ちょっときらしとりまんねん」といって相手の名刺をおしいただくようにして見るのである。

縞の着物の華奢な男は、日舞師匠の伊藤梅次郎、黒紋付の白足袋をはき、手入れのいきとどいたチョビ髭《ひげ》をはやしてる男は、謡曲師匠の立花庫之助《くらのすけ》、少し猫背で、よく肥え、世話好きそうにニコニコしている男は、生花師匠の島田常吉、彼らは、日舞、謡曲、生花のおのおのの師匠である。そうした関係から、この有閑夫人と親しく交際するようになったものらしい。

「勝江はん、あんたていう人は水くさい人やなあ」

でっぷり肥って、窮屈そうに帯をしめている栄子が勝江の肩をたたく真似をしていった。

「そや、こんなハンサムな男性をいままでうち等に隠してるなんて、そら水くさい」

と顴骨《ほおぼね》が出っぱって、三角形の顔をしている米子がうなずきながらいい、極度の近眼らしい菊代は、赤い縁の眼鏡をはずして、匂いを嗅ぐように顔を順吉の方へ近づけて行き、

「ちょっと、六代目に似てはる」といった。

さあ、皆、ジャンジャンやろうやないか、と勝江がいい出したので、「まあ、お近づきのしるしに一杯」「うちにも注《つ》がしとくなはれ」と男性側と女性側から順吉はどっと酒を注がれて、嬉しいような恐ろしいような、ひきつったような気分になった。

「あきまへんねん、わて、あんまり酒、強いことおまへんねん」

と順吉は尻込みしながら、つぎつぎとさされた盃《さかずき》を乾すのだが、

「何いうてんねん、昔はよう高い酒を飲んどったやないか」

どかんと勝江に背中をたたかれ、その勢で酒が喉《のど》につかえ、激しくむせると、飲みっぷりが面白い、気に入った、と周囲から、ふたたびどっと銚子をつきつけられて、順吉は眉をしかめてゲエーッと大きなげっぷをした。

一座も盃を交換し合って陽気にはしゃぎ出し、勝江はつぎつぎと男達に注がれる酒を、ウムウムと首を動かしながら飲んでいたが、やがて、猪口《ちょこ》ではチョロクサイといい出して吸物の蓋で酒を受け出し、グイグイ飲み出して眼は次第にすわり出し、唇を歪めたり、ひきしめたりしていたが、ついと立上ると、

「今日から、うちの昔の恋人である沢田の順吉殿をこの金曜日会の会員にする、異議ないか！」

とどなった。

勝江は金曜日の七時に生まれたので、その誕生を祝う意味で、毎週金曜日の七時からこうした有閑夫人達がつどい酒盛をするのだということを順吉はようやく気づき、トロンとした眼つきで周囲を見廻していると、

「こら、あんたも立つのや」と勝江は順吉の手をとって立上らせた。

そして勝江はもう一度、

「異議ないか！」

とどなり、異議なし、異議なし、と全員拍手しているのに、

「異議のある者、出て来い！」とどなるのであった。

順吉は何が何だかわからなかったが、あんたも何かいわんかいな、と勝江にまた背中をドカンとたたかれたので、ハッとし、

「わては相場しか取柄のない男だっけど——」

よろしゅうたのんます、と頭を下げて、ペタリと坐った。

そこへ、「あのなあ、沢田先生」と栄子が帯をキューキューいわして近づいて来、勝江がそれを邪魔して「ちょっと、うちの昔の彼氏に心安う近づかんといてんか」とどなるのを、「ちょっとだけや、ほんのちょっとや」と栄子は断って順吉の横にぴったりと坐った。

「沢田先生、この金曜日会というのはでんな」

と、栄子の語るところによると、これらの連中はただ飲んで騒ぐだけの会合を開くことを目的としているのではなく、女性のたしなみ、そして教養を身につけるため、日頃からよく世話になっている舞踊、謡曲、生花の先生方と親しく話し合う機会を持とうとするところから生れた、ということである。

「そら、うわべだけでやな、皆んな怪しいのでっせえ」

と栄子は順吉にちょっとウインクをして、小声でいった。つまり、ここに居並ぶ女性と男性達は適当に遊んでいるのだという意味だが、

「先生もこの会に入らはったら、充分気ィつけなあきまへんよ」

と栄子はいって、順吉の背をたたきキャッキャッと笑い自分の席へもどった。

「なあ、勝江はん、沢田先生、相場の先生やったら、うちらも相場のこと、教えてもろたらどうやろ」

そういったのは、三角顔の米子である。

相場と聞いて順吉はふっと顔をあげ、酒で真っ赤になった顔をニヤリとさせ、

「わては相場しか取柄のない男だっけど……」と、またくりかえした。

「だけど、相場なんて、御婦人のおたしなみにはならないのじゃございません?」

と、それをさえぎるようにいい出したのは、日舞師匠の梅次郎である。体をくねくね

させて、同意を求めるように周囲の人間の顔を見廻したが、

「何いうてんねん、あんたの踊りより相場の方が、何ぼおもろいかわからへんわ」

と勝江に頭からいわれて、梅次郎は面目なさそうに目をしょぼつかせてうつむいた。

米子はつづけて、

「うちの宿六ら、外ではごっつい景気のええ遊び方しよりまっけど、家ではケチケチしとりまっしゃろ、ちょっと位の小遣いくれいうて、ギャーギャーいわれるのはけったくそ悪いさかい一ぺん自分のへソクリで相場でもして儲けてこましたろ思ってまんねん、こっちが自分で儲けた金を自分で使うのやったら、宿六も文句のつけようがないと思いまんのやけどな」

といい、今度は栄子が、

「その点、勝江はんはええなあ、自分で事業してごっつう儲けて、気兼ねなしにドンドコお金使わはるのやさかい、わてらうらやましいわ」

「本当に勝江さんはえらいわねえ」

と今までシュンとしていた梅次郎が、また同意を求めるように周囲を見廻し、

「えらい！」

と謡曲師匠の庫之助が眼を閉じて端然とした面持でいい、

「よう女豪傑！」と先程からの独酌でかなり酩酊してしまっている生花師匠の常吉がし

ゃっくりをしながらいった。

勝江はまんざらでもなさそうな顔つきで金歯をむき出し、

「そやけど一人でここまで来るのは大変なもんでっせえ、お宅らと違うて、わては人の妾から出発してますやろ」

と馬鹿に優しい口調になっていうのであった。そして、

「そや、皆、沢田さんに指導してもろて、ヘソクリ持ち寄って相場して遊んだらどうや、競馬や競輪にも皆あきたこっちゃろし」

というと、ほないしょ、ほないしょ、と栄子が金属性な声を発し、

「もう踊りや生花にもあきた、やるなら勝負事の方がええわ、沢田先生にこれから指導してもらお、なあ、菊代はん」

菊代はきつい近眼鏡の中で眼をしょぼしょぼさせながら、

「その相場たらいうもんのお稽古《けいこ》日はいつにしまひょ」などといった。

まあ、そういうことは、あとまわしや、皆、ジャンジャンやりまひょ、とまた勝江が大声を出したので一座はまた盃のやりとりがはじまり活気づいてきた。

「わてらの青春時代いうたら、戦争中だしたやろ、男らしい男はんいうたら皆戦争にかり出されて、けったいな男はんばっかり残って、わてら阿呆らしゅうて恋愛ちゅうもんする気ィになれまへなんだ、ほんまに考えたら、わてら哀れなもんだっせえ」

と酔い泣きしながら、米子が勝江にボソボソ陰気くさく語り出したが、勝江は何がおかしいのか、ゲラゲラ笑って米子に取り合わず、ドンと来い、ドンと来い、と唄うような調子で独り言をいいながらあっちこっちを楽しそうに見廻している。そしていつの間にか隣の順吉の片手をぐいとつかんでいるのである。

片手を勝江につかまれて奇妙な顔つきになっている順吉の懐に首をつっこむようにして、生花師匠の常吉は、トロンとした眼をしばたきながら、神妙な口調で、生花の芸術について語り出し、その隣では謡曲の庫之助が、姿勢正しく眼を閉じて、

〽その時、義経《よしつね》、少しもさわがず――

とうなり、その隣では日舞の梅次郎が、今度の勉強会の雁《かり》の振りつけはこうしたから、ちょっと皆さん見て頂戴、といって立上り、

〽空、ほの暗き、しののめの――

と唄いながら、誰も見ていないのに、くるりと体を動かして、顎をひき、眼を細めて天井を見上げている。栄子は、その隣で、戦争中貿易商の夫とセレベス島へ行った時覚えた土人の歌だといって、警笛のように高い声をはり上げ出し、それを隣の菊代が耳を手でおおって、やめなはれ頭が痛い！　と叫んでいる。

この馬鹿騒ぎはいつおわるのかわからなかった。

浪花大学演劇部の一行が、彦根市について、ぞろぞろ汽車から降りはじめると、浪花大学演劇部歓迎ののぼりを立てたハッピ姿の男達が、

「御苦労はんでやす」

「お待ち申しとりやした」とバラバラ走り寄って来た。

彼らが着ているハッピには松原荘と白く染めぬいてある。この男達のあいだに赤いスカートをはいた小柄な小麦色の皮膚をした若い女が混っていて、恭太郎を見つけると、

「兄ちゃん、兄ちゃん」

と叫んで走り寄って来た。恭太郎の叔父幹造の娘、つまり恭太郎の従妹《いとこ》に当る裕子である。

「劇場の手筈、全部ＯＫや、明後日《あさって》から三日間春駒《はるこま》座、借り切りやぜ、張り切ってや！」

そして彼女は、汽車から降りて来た学生服の男子学生、登山帽子にズボン姿の女子学生に向かって、「張り切ってや」と叫んで一人張りきり、パチパチ拍手を送るのである。

「表に車が待ってるから、皆、こっち、こっち――」

と、はしゃぎ廻る裕子の後について駅を出ると、その車というのは古ぼけたトラックで、その腹に、歓迎、浪花大学演劇部と書いた布がついている。叔父の幹造は、こんな田舎町に住んでいるくせにちょっとした催物や祭などがあったりすると、馬鹿に大袈裟に振舞うのであった。

この歓迎トラックに乗って行進し、道行く人々が一種の敬意と親愛の眼で見送ってくれるなら、いささか優越感も起ろうものだが、安食堂、うどん屋、おみやげ物の売店などが居ならぶ駅付近をすぎると、もう人通りもまばらな、ひなびた街通りになってしまうのである。しっぽりと水気を含んだ静かな町だ。

「なにや、昔と違うて、こっちの方もすっかり賑《にぎ》やかな町になったと叔父さん手紙でいうて来たから、興行を計画してみたのに——こら五年前といっしょやないか」

と、恭太郎はトラックの上で裕子をにらむようにしていった。

裕子はペロリと舌を出して、

「そうでもないわな、兄ちゃん、帰る気ィ起さんさかいや、うちのお父ちゃん、口ぐせのように兄ちゃんに逢いたいいうてはんのやもん、ちょっとは、可哀そうに思うたげなさい」

「最近出来た劇場ちゅうのは何処にあるのや」

「松原荘から一里ばかり向こうへ行った漁師町にあるねん」

恭太郎は苦り切った。

他の町へ行くくらいなら、この町でやってくれ、劇場も手配してやるし、宿泊、食事もこちらで負担してやるという手をたたいてはしゃぎたくなる程の好条件を叔父が出してくれたから、演劇部を口説いて一目散にやって来たものの、トラックが走りつづける道の両側に畠がふえ出してくると妙になまなましい気持になって来て、柄のあまり良さそうでない漁師町で公演するのかと思うと、演劇部員に対しても気まずく、恭太郎はチラチラと彼らの横顔を盗見した。

「えらい淋しいところやな」

と矢田もトラックの手すりにもたれて、田園風景をしげしげ眺め、

「おい、この町、人間おるのか」

——松原荘に着くと、旅館の使用人総出の歓迎ぶりである。

このあたりは魚族が豊富で景色もよく、閑静な釣場と、本当の川魚料理を食わす宿として、一部の人達からは珍重がられている松原荘であるが、今はシーズンオフなので、ほとんど客もいないらしく、今まで退屈でくさっていた使用人達は急に活気づいて動き出すのであった。

旅館の番頭に案内されて、二階の一番広い座敷に通された。荷物を隅にかためると、一年生の部員が障子を開け、

「あっ、海が見えます」と叫んだ。

「阿呆、湖じゃ」

部員達は一年生の頭をピチャピチャたたいて手すりにもたれ景色を眺める。

湖は鉛の鏡のように重く澄み、夕暮の赤い日ざしがその半面を照らしていた。灰色の

水平線上に小さな島が黒くポツンと浮かび、その前を白い帆を立てた舟が二つ三つ浮遊している。

やがて学校を巣立つ矢田、栗野、そして恭太郎は、その夕暮の湖を眺めて、ふと沈静な悲しみを胸に浮かべ出した。

そこへ襖が開き、この旅館の主人、幹造が、

「やあ、これはようこそ」

と豪放な笑いかたをして登場したので、部員達はさっとかしこまって畳の上にすわりはじめる。

「叔父さん、この町は、賑やかになって人口もうんとふえたいうから張り切って来たのにこら何や、昔といっしょやないかな、劇場の方手ぬかりおまへんか」

と恭太郎は早速用件に入り出したので、

「お前、五年ぶりで逢うたのに、そうさいしょからやかましゅういうなや」

と幹造は笑い、演劇部員達も幹造にあわせてエへへへと笑った。

「まあ、恭太郎には、あとでゆるゆる話をするとして、明後日からの興行の打合わせ、しておきましょ」

体の柄は大きいが、幹造の象のように柔和な眼や、ふっくらとした白い頬などを見ていると、これが、もとこの界隈の名の知れたやくざであったとは想像出来ないが、首筋

にのこる刀の傷あとらしいものがなんとなく過去のものすごさを物語るようである。

「そちらの方から連絡のあった芝居の番組はこれじゃが――」

幹造は眼鏡をかけて、懐から紙切れを取り出した。

「このペニスの商人とかいうやつな――」

「ベニスの商人ですよ」

「ああ、その商人じゃが、これはやっぱり、ここの漁師町という土地柄からしてもじゃな、ちょっと番組を変更して、皆んなの希望を入れてじゃな、ここは一番、国定忠治《くにさだちゆうじ》にしてもらいたい、衣裳はこっちで都合する」

「国定忠治？」

演劇部員達はびっくりして、キョロキョロ顔を見合わせた。しかし、幹造はそんなことに頓着《とんじやく》なく目尻に皺を寄せてなおも紙切れを眺めながら、

「それからな、この桜《さくら》の園《その》とかいうやつもじゃ、面白そうで結構とは思うんじゃが、皆んなの希望で、森の石松――」

「駄目ですよ、叔父さん」たまりかねて恭太郎はいった。

「そんな脚本は学校の演劇部には、ありまへんわ」

「いや、話の筋ならわしが知って――」

「――いてもあきまへんわ、こらちょっと弱ったたな」

恭太郎は苦笑して矢田の顔をチラと見、

「なあ、矢田、何とかお前、脚本書いて国定忠治やってもらうわけにはいかんか、考えたらこんな田舎町でベニスの商人やったかてしょうがないぜ、まあ、ちょっと皆んな相談して考えてくれ」

そして恭太郎は幹造に、

「叔父さん、ちょっと場を外して階下《した》へ行こ」

――恭太郎と幹造が階下へ姿を消すと、米花桂子が、早速、眼をつり上げ、ヒステリックな声で矢田に当った。

「だから、いったじゃありませんか、ドサ廻りなんかするとこんなことになるって――」

ウンウンと矢田はうなずいて腕組みしていたが、同僚の栗野に、

「そやけど、旅の恥は何とかいうやないか、一丁チャンバラをやろうか」

すると栗野も、

「そや俺らはもう学校とは永久に別れるのやさかいな、一丁、最後に馬鹿騒ぎを――」

「冗談じゃありませんよ」桂子は白眼をむいた。

「あなた達、四年生だけでやればいいでしょう。私は演劇部の新部長として現役部員を三文芝居に出演させることは絶対に出来ません――国定忠治だなんて」

「どうじゃ、大阪の生活は？　目的の大穴を当てることが出来たかな」

幹造と恭太郎は階下の茶の間に坐って五年ぶりで酒をくみ交わした。

「いやあ、完全に失敗ですわ、というても大したことはないのですが、こつこつ貯めた百万円ばかりを一気に相場で失いました」

恭太郎は愉快そうに笑い、叔父に酌をする。

「まあ、自分で儲けた金を自分ですったんじゃから仕方がなかろう」

幹造はうまそうに盃を乾すと、それを恭太郎にかえして、

「人間の運ちゅうものはどういう時に転がってくるや知れん、金儲けと女だけはあせったらいかん、時期を待つんじゃ、ただし、時期が来たら、ぐずぐずせんと躍りかかってものにせにゃいかん、まあ、しばらくは山や湖を眺めて今後の想を練るのじゃな」

そこへ、裕子が料理の膳《ぜん》を運んで来た。幹造はよしよしとうなずきながら膳を受取り、恭太郎の前へおいた。

「田舎料理とはいえ、この松原荘の川魚料理だけは天下に聞えとるんじゃ、これが寒モロコ、腹子の味はなんともいえん、この寒モロコのつけ焼を食いに東京から大臣が来たことがある。これは岩床ナマズ、ナマズだからいうてそう捨てたもんじゃない、スキ焼で食うのが普通だが、アメだきで食うのもおつなもんじゃ、どうじゃ、コリコリして風

味があるじゃろ、これは鮒《ふな》ずし、琵琶湖《びわこ》最高の味とも申すもの――」

という幹造の講釈を聞きながら恭太郎はしみじみ故郷《ふるさと》の味をかみしめたが、さすがに鮒ずしだけは臭くて顔をしかめた。恭太郎の酌をしていた裕子がゲラゲラ笑い出す。

ピンピン生きている鮒を一ヶ月ぐらい塩につけ、次に炊いた飯の上に二ヶ月位漬けて食うのだが、樽《たる》の中に塩漬の鮒と飯とをぎっしりつめて漬けておくと六年でも七年でも持つのだそうで、古い程高級だということだ。

「鮒ずしの匂いがウンコみたいだとぬかす都会人が多いが、わしにいわすれば、そいつらは田舎者じゃ」

と、幹造は酒も入ってるせいもあるが、ちょっと興奮した口調になり、

「二階におる大学の芝居部も、芸術を勉強しとるんじゃろうが、こうした川魚を料理するのも芸術なんじゃ、そうじゃろう、いかにお客様においしく食べあがって頂こうかといろいろ苦心するのは芸術を生み出そうとする苦心と同じことじゃ、どうじゃ、わしはええこというじゃろ」

幹造は赤くなった顔をしきりになぜながら、恭太郎をにらみすえるようにしていった。どういう話のきっかけから叔父の川魚論を聞かねばならぬことになったのかと、恭太郎は考えつつ何かをごまかしている表情で、ニヤニヤしてうなずいていたが、

「そこでお前に聞いてもらいたいのやが――」と幹造の切り出すのはこうである。

俺はいつまでもこんな田舎にくすぶっている人間やない、やくざ稼業から足を洗うて二十年、ずっと川魚料理に専心したのも、いずれは大阪に出てこの近江《おうみ》独特の川魚料理を都会人に紹介したいと思うとったからだ。その機会はこれまであることはあったが、俺の女房がなんでも反対し通すので、その芽をむしり取られてしまった。つまり、俺は女房に甘い、というよりも義理に強いが人情にゃ弱いから自分が養子であることにひけ目を感じ、大きなことは出来なかったのだ。だが、そういう卑屈な態度をいつまでも取っていてはいかんと知った。いよいよ、わしの決心する時が来た——

「なにを決心したんでっか」

恭太郎はちょっと気味が悪くなった。

「家出するんじゃ」

「家出？　そ、そんな阿呆なこと。叔父さん、叔父さんはもう六十前でっせ」

恭太郎は自分の横手に坐って、二人の酌をつづけている裕子の顔をチラと見ていった。裕子は、そういう話をかねがね父親から何度も聞かされているらしく、心得顔し、妙にすまして恭太郎の盃へ酒を注ぐのであった。

「五十八にもなったから、いよいよ決心したんじゃ、そらある程度の資金は持って出る。最初は大阪の場末に小さな家でも借りて川魚料理屋をやるんじゃ、そこから一歩を踏み出して行くんじゃ」

叔父の幹造は、たえず叔母に頭をおさえられているということを恭太郎は子供の頃から知っていた。よく忍耐しているものだと恭太郎は幹造を哀れに思うこともあった。幹造は元来、派手な性格な男だけに単なる釣旅館、料理屋だけではつまらぬと、事業拡張の企画を練るのだが、それを叔母は、とにかく亭主は生来バクチ好きの飲ん平だから、うかつなことをさせてはならないと必死になって抑えにかかるのである。女房は昔、深く世話になった親分の娘という観念が、いわば義理というしがらみになり、かっとなることが幾度もあったが、幹造はこらえこらえて来たのである。

今は、その恐《こわ》い女房は、岐阜《ぎふ》の知り合いに不幸があって出かけて行き、だからその留守に恭太郎以下浪花大学演劇部の一行を呼んだのだ、と叔父の話である。

「おれは、この旅館の番頭同然で二十年間女房に尽して来たようなものじゃ、そやから、そろそろ自分勝手なこと、さしてもろても、ええと思う。のう、おれかてお前やないけど、大穴を狙うつもりで大阪へ進出しようと思うんじゃ」

そういって幹造は、ウェへへへと腹を揺って笑った。

「そやけど、裕子ちゃんはどうするんでっか」

日頃、お茶ッピイで、たえずガラガラした声で何かしゃべりつづけているか、ジャズを唄っていなければ気がすまぬ彼女が、先程から神妙に黙りこんで二人の酒の酌をつづけているので、恭太郎は何となく気持が悪かった。彼女は高校を今年の春卒業してから、家の手伝いに入っているのであるが、一人娘であるだけに幹造の可愛がりようは非常なものであった。

「こいつは将来、ジャズ歌手になりたいいうとるんじゃが、わしは大阪市内の男性と恋愛でもしてくれんもんかと思うとる」

つまり、娘が結婚して大阪に住むようになってくれれば、自分の大阪における夢を築く足場にもなる、というのであった。

「二階に集まってる学生さんで、この娘を好きになってくれる人はおらんかな」

まんざら、冗談でもない口ぶりで幹造はいった。

「さあね」

恭太郎は首をかしげると、今までおとなしくかしこまっていた裕子がついと首をあげ、

「矢田さんは彼女がいやはるの」

とだしぬけに恭太郎に問い出したのである。先程から、少し沈みがちであった彼女は、じつは先刻チラと逢っただけの矢田のことを想《おも》いつづけていたのかと恭太郎はおかしくなり、

「さあ、一ぺん矢田さんに聞いてみといたるわ」

と笑った。その時、

「大崎いるか！」と襖の外から声がした。矢田であった。

裕子は、ハッとしてまた神妙にかしこまる。

「何だ、二階はもう飯はすんだか」と恭太郎がいうと、

「飯か、飯は食ったが、それどころやないのや」

と襖が開いて矢田と栗野が入って来た。

正面の幹造に、ただいまは大変御馳走になりまして、と素早く夜食の礼をのべ、すぐ恭太郎に、

「おい、おれは残念やぞ」

つづいて栗野が、

「米花女史と戦闘状態に入った」

と二人ともかなり興奮しているのである。

二人にそういわれて、恭太郎はいつの間にか忘れていた国定忠治の一件をハッと思い出した。

米花桂子は伝統を誇る演劇部の新部長として、どうしても、そんな三文ドタバタ芝居を部員達にさせることは出来ないという。新マネージャーの三年生久保木も、米花桂子のケツにしかれている男なので彼女に同調し、部員達を全部まきこんで四年生二人に対抗し出したというのである。

「女のくせにあんまりおれらの頭をおさえようとしやがるから、こっちも爆発したんや、

四年生二人だけでも芝居やったるから、お前ら後学のためによう見とれ、とどなってこましたった」

するると、幹造が、酒で真赤になった頬を、両手で激しくこすりながら、

「そういう男を男とも思わん女は、徹底的にやったりなされ」

と、日頃、女房にやりこめられている憤懣をぶち当てるような調子でいった。そして、すぐ二人を慰めるように、

「小屋の方はべつにお宅らが出てくれても出てくれのうても、べつに大事はおまへん。全員、河豚《ふぐ》に中毒したということにしておいて、今、やっとるストリップをもう三日間つづけさせたらええのじゃから」

今、この町の小屋でやっているドサ廻りのストリップ劇団は、このつぎに何処へ廻るという当てもないのだから、続演させてやればむしろ喜ぶということになるので、恭太郎はほっとした気持になったが、矢田はどうかしてこの三人で芝居をやり、あのくそ生意気な下級生どもに見せつけてやろうやないかと興奮しつづけているのである。

「なあ、矢田、おれらはもう学校を卒業せにゃならんのだ。部ともなんの関係もなくなったんやぜ、部員達がいうことを聞かんからいうてぼやく権利もないのや、おれらの方が間違うとったのかも知れん」

と栗野にいわれて矢田も、ようやく、

「なんや淋しいのう」

としんみりし出した。そして、

「どうもすみまへん」

と、幹造に頭を下げるのである。

「いや、わしも無理な注文を出したりして悪かったと思うとる。まあ、わしにしてみれば、寄る年波には勝てんというのかちょっと淋しゅうなってな、この町で興行させるということをだしにして恭太郎を呼んでみとうなったんじゃ、そうでもいわんと、この男はめったに故郷なんぞへ帰ろうという気を起さんからな、まあ気兼ねなさらずゆっくり滞在しなされ」

と幹造は気持よさそうにいうのであった。

反抗した下級生らといっしょに寝るのは、けったくそ悪いからと、三人はべつの部屋をとってもらい、酒を持ちこんだ。

卒業してもなお職がはっきりきまっていない腹立たしさと、四年間尽した演劇部の部員達から反抗された口惜しさとがからまって、矢田と栗野は半分やけになって酒をくみ交うのである。

「今やから、いうたるけどな――」

矢田はニタニタ笑いながら、栗野と恭太郎の顔を見、

「あの米花という女はな、おれに一生懸命モーションかけてくさったのや」

「へエーあのガイコツ女が」

「ああ、気持が悪い」と恭太郎と栗野は顔を見合わせて笑った。

矢田は舞台でも大抵二枚目をつとめている色の浅黒い苦み走ったいい男であるから、部の中の女子学生で秘かな思慕を寄せているものが、一人や二人いるのは不思議ではない。だが、女性的情操など持ち合わさず、男を男と思わぬ米花桂子が矢田にいい寄ったというのだから、その話題は酒の余興になった。

「なんせ、おれにやな、この旅行の帰り、うまいこと皆んなをまいて、北海道の方へ一週間程遊びに行こて、お前、こないにぬかしよるねや」

「へエーえらい鼻いきやな、北海道とは、豪勢やないか、もちろん、費用は彼女が持つのやろ、なんせ彼女はブルジョアやさかいな」

「なんぼブルジョアでも、あんなヒステリーのミイラといっしょに旅行出来るかい、身ぶるいが起るわ」

「ああ、それでわかった。お前がミイラの申し込みをけったから、ヒンネシ起して国定忠治で強硬におれらに当り出しよったんじゃ」

三人は笑い合った。そこへ、

「先輩、大変です！」

と寝巻姿の演劇部員達があわただしくドタバタ廊下をかけて来て、四年生三人の部屋の襖を開けた。

「何だ、貴様ら」

矢田と栗野は先程の憤懣を思い出したようにうろたえている下級生達をどなりつけた。

「米花さんが、自、自殺を――」

「したのか！」

さすがにあわてて三人は眼をつり上げ、立上った。

「いや、図ったのです、睡眠薬を飲んでコンコンと寝とります」

「阿呆あわてるな、米花女史は神経質で、薬を飲んで寝るのが習慣になっとるんだ」

「でも、書置があります。習慣で書置を書くことはないと思います」

なる程と三人は改めてハッとした気持になり、下級生達について廊下を走り出した。

女一人でこの旅行に参加している桂子は、男の部屋から離れた一人の別室を取ってもらっており、彼女の書置を発見した学生はどうしてこの夜更けに、のこのこ彼女の部屋へ入って行ったのだろうとふと三人とも奇妙に思ったが、そんなこと、深く考えるひまはなかった。

物音に幹造も裕子も女中達も寝巻姿で飛び出してくる。

廊下のつきあたりの彼女の部屋へ踏みこむと、桂子は蒼白《そうはく》な顔をして眠りつづけていた。

宿の番頭の自転車で運ばれて来た医者が昏睡《こんすい》状態の桂子の容体を調べて、大したこと

はない、というまで演劇部員はうろたえて右往左往していた。

桂子は想う男にすげなくされた口惜しさから、持前の変態的な強硬さで四年生につき

当り、その結果、よけいに凍りつくような孤独に陥り、それに耐えられなくなって、自

殺を図ったのだと想像されるが、思えば哀れな女だと矢田はふと情ないような気持で、

彼女の書置を読んでみた。書置はじつに簡単なもので、

自分ガ嫌ニナッタカラ死ヌノデス、演劇部ノ御発展ヲ祈リマス。私ノ葬式代ハボスト

ンバックノ中ノ株券ヲ売ッテヨロシクオ願イシマス

とあった。奇妙に思うことは、一体何のために株券など彼女がボストンバックに入れ

て来たかということで、調べてみると、彼女の鞄の中には本当に株券が入っていた。

「おい、大崎、お前株のことにはくわしいが、こら一体どういうわけやと思う」

騒ぎがようやく静まり、桂子も体調を持ち直したようなので、恭太郎は部屋へ先にも

どって、布団をかぶりうつらうつらしていたが、矢田と栗野はそういって彼をゆりおこ

し、持って来た一枚の株券を鼻先へつきつけた。

「そんなことはわかり切ったことやないか、親父から盗んで来た株を質屋に入れてお前

と北海道へ行くつもりやったんだ、株券やったら、質屋かてかなり貸すからなあ」

「ああ、なるほど、そうか、彼女はちょっと近頃、神経衰弱気味やったからな、それくらいのことはやりかねん」

矢田はあくびをして、株券を枕元におき寝巻に着がえはじめた。

ふと、その株券を横眼に見た恭太郎は、体を乗り出して手にとった。大洋製紙の五百株券なのである。

あまり熱心に恭太郎が株券を見つめているので、隣の布団にもぐりこんでいた栗野は、そっと首を近づけ、

「なにを考えとるんや、株券みたらまた相場がやりとうなったんやろ」

とケッケッケッと笑う。

「おい、矢田、この株券は鞄の中に一枚だけ入っとったのか」

ふと真剣な眼つきになって恭太郎は聞くのである。

「いや、全部で十枚くらい入っとった」

布団の中から亀の子のように首を出し、煙草をひき寄せながら矢田はいった。

おい、俺にも煙草を一本くれと栗野は矢田の方へ手を出しながら、

「十枚入ってたなら、一枚が五百株券だから五千株というわけか、額面が一株五十円だから、エート、二十五万円、キャーッ」といい、

「二十五万円持って遊びに行ったら、お前、アベックでも豪遊出来るぜ、俺やったら喜んで行くがなあ」

「阿呆」

といったのは恭太郎である。

「お前らは経済オンチやのう。株券に書いてある額面は五十円やが、株式市場での値段は大洋製紙一枚今百六十円や、百六十円が五千株やったら、いくらになるか計算してみい」

二人ははじかれたように頭を起し、手帳を取り出して計算し合い、

「八十万や」といい、揃って、キャーッといった。

「おい、桂子の親父は米花製紙の社長やったな」

恭太郎の眼は何故《なぜ》かピカリと光ったようである。そして、次にはガバッとはね起きた。

「おい大崎、どないしたんや」

とあきれた顔している二人に、

「機会到来や、こうしてはおれんわい、大穴大穴」

と唄うようにいいながら、勢よく部屋を出て行った。

階段をかけ降りると、幹造の寝室の襖を開けた。そして、足をばたつかすようにして、

「叔父さん、叔父さん、叔父さん」と、けたたましく叫んだ。

幹造は、びっくりして布団から上体を起し、枕元の眼鏡をパタパタ畳に手をたたいて探している。

「僕や、叔父さん」

「何じゃ恭太郎か」

ようやく眼鏡をかけた幹造は、

「何じゃ今ごろ、二階の娘さんの具合がまた悪うなったんか」

「いや、そやないねん、先刻、叔父さん、やがて大阪へ進出して店開くのやというたはりましたな」

「うん、それがこんな時間にどうかしたんか」

「大阪へ打って出やはるには、その資金として何ぼかへソクリ作ってはりまっしゃろ」

「わしのへソクリ聞いてどうするんじゃ」

「とにかく、そのへソクリ全部貸して下さい」

「なにィ？」

「先刻、いうてはりましたやろ、チャンスが来たら絶対逃がすな――と」

「そりゃいうたが――」

「チャンス到来なんです、叔父さんのへソクリちょっと貸しとくなはれ、利子は充分はりこんで支払いますわ、僕が叔父さんに金を貸せいうのはこれがはじめてでっせ、なあ、たのんますわ」

「そら貸してやれんこともないが、一体、何に――」

「それを聞かんと、たのんます。叔父さんかて昔は、このへんでちっとは顔の売れた俠《きょう》客《かく》や、いざとなって敵に後を見せなはんな、男がすたりまっせ」

と半分強迫めいて恭太郎は幹造にせまるのである。その殺気だった恭太郎の顔つきに、これは余程の事情があるのだろうと幹造もひきこまれたような気分になり、

「ほ、ほないにいうのやったら、貸したる。だがお前が大阪商人やったら、こっちも今では近江商人じゃ、親しき仲にも礼儀ありじゃ、ちゃんと利子はつけてもらうぞ」

「そらいわんでもわかってます」

「もし、金が期日までに返せなんだら、条件があるがどうじゃ」

「何ですか」

「裕子に大阪市内の男前の婿《むこ》さん世話したってくれ、矢田さんやったらねがったりかなったりじゃ」

「妙な条件でんな」恭太郎は、カッカッカッと笑って、

「それで叔父さん、いくら貸してくれまんねん」

「十万円じゃ」

「何や、たった十万円」

恭太郎は気の抜けたような顔をした。大阪へ打って出るという位だから、少くとも百万円位は用意していると思ったのに。

「まあ、それでもよろしおますわ、ないよりましや」

沢田順吉は、週に一度、花岸勝江のグループに相場の罫線学を教えること、それで月給一万円ということに決着したのである。まったくの無為徒食で、娘の収入が一家の支配的なものになっているという順吉の腹を割った話に勝江は同情し、彼に適した仕事が見つかるまでとにかく週に一度ずつ家へ通わせることにしたのだ。

「どんなもんじゃ、わいかてええとこあるやろ、捨てる神あれば助ける神ありや」

順吉は朝から、どんなもんじゃ、をくりかえし、女社長宅で相場の講義することになったのを玉枝や町子に自慢しつづけているのである。

「ほんまに、あんたよろしおましたな、お礼いうときまひょ」

玉枝は押入れを開けて仏壇を取り出し鐘をたたくのである。

「なんせ、わいの羽振りのよかった時代を知ってはる人が、いやはったんや、どんなもんじゃ、それに昔、わいに受けた恩をかえしたいと、こないいわはるねや、人の恩を受けるのはけったくそ悪いけど、無理に断るわけにもいけへんやないか」

子供が盲腸で入院しているというと勝江は、これ入院費のたしにしなはれ、と帰りがけに二万円の金を順吉に渡したのである。

「いくら落ちぶれたかて女に金なんぞもらえるもんかと思うて、すぐに返そうと思うたんやが、今返すのも後で返すのも同じことやと思うて、受取ったわけや」

順吉の話に町子はふき出した。

「なあ、ほどこしを受けたんと違うねんぜ、いつかはわいかて相場で、も一ぺん花咲かして、この恩を勝江はんに返す気ィや、そやけど、人間ておかしなもんやなあ、金が入るとなんでこんなええ気持になるのやろ」

順吉は上機嫌で町子の顔を見ながらいうのである。

「ほんまによかったなあ、お父ちゃん」

と町子も機嫌のいい父親に調子を合わし、

「三つもの会社の社長さんやったら、お父ちゃん、大崎さんの就職位、頼んであげたらよかったのに」

「そんなことにわいが手ぬかりあるかい、自分が迷惑かけた人にはちゃんと埋めあわせをつけるのがおれの主義や、大崎さんのことをわいは勝江はんにちゃんと頼んだ――じつは北浜でちょっと知り合った学生さんやが、なんせこの人は若いのに似合わぬ太っ腹な人やさかい将来、きっと会社の役にたちまっせ――と大分勝江はんに宣伝したんや、ほなら勝江はん――まだ学生やのに相場して損するとは頼もしい、何とか、うちの知ってる会社に推薦したげまひょ――とお前、こないにいわはるねや、やっぱり、勝江はんは女社長だけあって太っ腹やし、ものわかりがええ」

「まあ、そうやったの」町子の眼は生き生きと輝いた。

「大崎さん、そやけど就職する気ィあるのやろか」

「就職する気があるさかい、大学に行ってはるのと違うか」

「そうとも限らへんわ――そやけどお父さん、もう北浜へ行くのやめなさい。また、どういうことから人に迷惑かけるか知れへんやないの」

「いや、猿も木から落ちるということもある。大崎さんの場合は、あら例外や、北浜通いだけは、町子、こらわいの宿命みたいなもんや。まあ、ブッブツいわんといてくれ、なんせ、わいは相場しか能のない男やさかいな――ああ、今何時や、そろそろ二節の立会いがはじまる頃やな、ほな、ちょっと、行って来まっさ」

そして順吉は古びたソフトをかぶり、バラックの表戸を開けた。

「ああ、ええ天気やな、なんやそろそろ、わいにも運が向いて来たような気がする」

寒空ではあるが、羊の群のような雲が微《かす》かな風に送られていた。

――市電を降りていつにないゆったりした気持で北浜の証券街へ入って行った順吉は、ふと前を見て足を止めた。

「大崎さんやおまへんか」

向うからポケットに手をつっこんだ恭太郎がスタスタ忙しそうに歩いて来たのである。

「ああ、順吉さんか、えらい久しぶりやな」

恭太郎はニヤリと顔をくずす。

「田舎に巡業しに行ってはると聞いてましたけど――」

「うん、ちょっと思いついたことがあったさかい、今朝早よう帰って来たのや」

「というと、相場に関する用事で帰って来やはりましたんか」

今朝、早く帰って来てもう北浜にうろついているというのは、一体どういう意味なのかと、順吉は匂いを嗅ぐように恭太郎に近づいた。

「順さん、あんた、前に大洋製紙の株、買うたらどうやと俺にすすめたことがあったな、たしか町子さんが連絡しに来てくれたと思うけど――」

「ヘエ、ありま」

「おれ、いま、その原株を六百買うて来たんや」

「ヘエ、そうでっか、そやけど、わてがお宅にすすめた時、買うてはったら、いま売ってちょっと利が乗りまっけど、大洋製紙は、現在保合いに入って大したことおまへんぜ」

「いや、今度は俺が予想をたてたるわ、順さん、大洋製紙は近いうちに動き出すぜ、金がないから、六百しか買えんのやけど、ここは一か八かボカンと大きく勝負に出てみたいと思うてるねや」

「へエー大洋製紙がねえ、何ぞ、ニュースでもありましたんか」

「あるのや、ここは何やから、ちょっと、そのへんの喫茶店に行こ」

近くの喫茶店へ二人入ると、恭太郎は、

「米花製紙が大洋製紙を買占にかかるのではないかと俺は予想をたてたんや」

恭太郎は、わざとらしく警戒する眼つきをして周囲を見廻し、小声で順吉にいうのである。

「そら、何か確実な情報がおましたんか」

順吉も、ふと緊張した顔つきをして、恭太郎の眼を見るのである。

「いや、半分は俺の勘や」

恭太郎は米花製紙の社長を父にもつ桂子が家から大洋製紙の株券を盗み出して来ていたことに眼をつけたのである。

事業の不振から減資決行、気息えんえんとしていた大洋製紙がジワジワ昇り出して来たというのは、大洋製紙を自家薬籠《やくろう》中のものにしようとする米花製紙の計画ではなかろうかと考えられる。ありそうなことである。わずか五千株を彼女が家から持ち出して来たことから、それを断定するのは、ちょっと、独断的な考えかも知れぬが、そこは、勘だと、恭太郎は順吉にいうのであった。

「なるほど、娘が盗めるようなとこへ五千株もおいとる位やさかい、こら大分、米花の社長はんの家には原株があると見んなりまへんな」

フンフンと順吉はしきりに首を動かしながら、そういった。

「なんや薄情な話やけど、俺は米花の娘が自殺未遂をやってくれたおかげで、このヒントを得たんや、こら大穴になるかも知れんぜ」

恭太郎は、煙草を口にし、ソファに背中を深くもたれさせていった。

事業の経営権獲得の買占は、急激にこれをおこなうといたずらに市価をあおるおそれがあるので、安い時を見はからって実株を買っていくのが常である。だから、目立たぬように買占一派は心をつかっているが、株式街のまばら客にこの買占計画が洩《も》れ、いわゆる提灯《ちょうちん》に灯がついたということになれば、いつ、急騰が起るか知れないのだ。

「そやけど、六百株では話にならんわ」恭太郎は苦笑した。

「せっかくのチャンスをみすみす逃がすのかと思うと残念でしょうがない。明日中には、下宿の中の家財道具全部たたき売って、追い討ちをかけるつもりやが……」

恭太郎は、ふと上体を起して、手帳を取り出し、下宿をひき払えば、いくらの敷金がもどってくる、テレビを売ればいくら、電話を売ればいくら、と計算し出し、

「一つ残らず売ったとしても、二十万円くらいのもんや、せいぜい二千株というとこか」

と恭太郎は舌打ちするのであった。

順吉は、ふと何かを思いついたように首をあげた。

「ちょっと大崎さん、今から、わてにつき合うとくなはれ」

「どこへ行くのや？　俺はこれから資金集めに走り廻らんならん、久しぶりで一杯やりたいが、ちょっとお預けや」

「何いうたはりまんねん、なんぼわてが呑気やというたかて、こういう時に、遊びに誘うてなことしまっかいな、犬も歩けば棒にあたるや、何もいわんとちょっとわいといっしょに来とくなはれ」

流しのタクシーを止め、順吉は恭太郎の手を取るようにして乗りこんだ。

「じつは、お宅の就職を世話したるという女社長さんがいやはりまんねん、一ぺん逢うとくれやす」

「そらありがたいけど、おれは当分就職なんかする気ィないぜ、第一学校を卒業出来るかどうかわかれへんのやさかいな、なんせ今は株のことで頭が一杯や」

「そやから、わては女社長にでんな、就職の方はもうよろしおまっさかい、株の資金なんぼか貸してもらえへんやろかと無心したろと思うてまんねん」

「そんなこと、順さん、出来るかいな」

「もうこうなったらやけくそであたってくだけろですわ、女社長女社長というたかて、この女はもと、芸者でんねん、なんやかんや昔はようわてはたかられたもんですわ、そら、ともかくとして、なんせこの女は、わてがいかに偉大なる相場師であったかをよう知っとります。なんとか、ここ一番、相場の資金の相談を持ちかけてみまひょ」

などと順吉がしゃべっていると車は淀屋橋《よどやばし》へ入った。興和ビルの前で車を止めさせた順吉は、さあ、行きまひょ、行きまひょ、となにかに憑かれたようにビルの中へかけこみ、守衛に、勝江からもらった名刺をみせて、

「エーと、すみれ化粧品会社は何階でっか？」

教えられてエレベーターで五階に降りた。廊下を一つ曲ったそのつきあたりに勝江が社長をしているすみれ化粧品株式会社があった。

順吉はそっとドアを開け、腰をかがめて中をのぞく。十数人の社員達はソロバンをはじいたり、帳簿に眼を通したり、わき眼もふらずに事務をとり、一種の冷静な熱気を充満させている。奥まったところに社長室と木札のかかった別室があるが、そのなかに花岸勝江がデンと大きな尻をすえているのであろう。

「わいは、こんなとこ苦手や、あんた先に入っとくれやす」

と順吉は恭太郎のうしろへ廻って尻をおすのである。酒の席では、急に気が大きくなるが、こうした一分の隙もない雰囲気には威圧を感じてしまい、順吉はたじたじになっ

ているのだ。

とにかく恭太郎は中に入り、受付に坐っている女の子に、

「社長さん、おいでになりますか」

と聞いたが、彼女がハイと答えると同時に、奥の社長室のドアのガラスがガーンと割れてゴルフのボールが恭太郎の足もとまでコロコロ転がって来た。女社長は部屋の中でゴルフの練習をしていたものらしい。

「えらいすんまへん」ゴルフのクラブを片手に、あわてて室から飛び出して来たズボン姿の勝江は、社員達に謝りながら、

「皆、怪我ないか、大丈夫か」

と次にどなり、玉はどこや、玉はどこ、といいながらそのへんの机の下をのぞき廻っている。社員達も立上って、この女社長といっしょになってボールを探しはじめるのである。

「あれ、沢田はんやないの」

勝江はふとドアのところで、ペコペコ頭を下げつづけている順吉に気がついた。

「よう来てくれはりましたなあ、まあ、中へ入っとくなはれ」

顔をくずして機嫌よく勝江はいった。

恭太郎が足もとに転がっているゴルフのボールをひろって勝江にさし出すと、

「ああ、こらどうもすんまへん、へエ、そこまで玉は飛びましたか、わてのゴルフもまんざら捨てたもんやない」などといいながら、勝江は、二人を社長室に通すのであった。

「このかたが、前にちょっとお話しした大崎さんという相場青年ですねん」

勝江にすすめられてソファにすわると、順吉はすぐまた立上って大崎を勝江に紹介するのであった。

「一つ、何分とも、よろしゅう……」

順吉はふたたびペコペコ勝江に頭を下げつづける。

ここへ来るまでのタクシーの中では、女社長といえども昔は芸者や、何もおそれることあれへん、などと、豪語していたが、順吉はだらしのないほど、ちぢこまった態度をとって、気弱な声を出しているのである。

「ああ、さよか、相場でえらい損しやはった学生さんだんな、まだお若いのに相場しやはるなんて大したもんですわ、そやけど相場はバクチも同然や、あんまり深入りせん方がよろしおまっせ」

ハア、ハア、と恭太郎は無意味にニヤニヤ笑ってうなずいていた。

「そやけど、お宅は来年卒業しやはりまんねんな、よろしおます、お宅の就職、何とか世話したげまひょ」

「いや、奥さん、それがでんな――」

順吉は、モタモタ体を動かしながらいった。

「就職も就職でっけど、つまりでんな――」

どうにも気がひけて、あとの言葉がすぐに出ず、チラと床にすえつけてある練習用のゴム製の穴をみて、

「ゴルフたらいうもんは、おもろおまっか」などといった。

「何がおもろいのか、わて、さっぱりわからんねん、実業家ちゅうもんは、辛いもんで、こんなもんをつき合いのために覚えななりまへんねん、やっかいですわ」

と勝江は、床の上にボールをおいて、クラブをかまえた。まるで野球のバットをふり廻すような恰好なので、思わず順吉は、

「あぶない、あっ、あぶない」といって、あとずさりをする。

これならボールが窓ガラスを突き破って外へ飛び出すのも無理のないことだだと、恭太郎もあわてて、

「ちょ、ちょっと、ストップ」

と叫んで、勝江のクラブを取り上げた。

「こないするのと違いますか、はっきり知らんけど――」

恭太郎は、大学のゴルフ部の連中に以前、面白半分に少し習ったことがあるので、教えられた規定通りのかまえをし、軽くコンとボールをたたいた。そして、びっくりした。

ボールはゴム製の穴へすっぽり入ったのである。

「ありゃ、うまいもんやなあ」勝江は顔中皺だらけにして、手をたたき、

「あんた、なかなか隅におけんやないか」

と、ドカンと恭太郎の背中をたたくのである。

「ま、まぐれですわ」

と、恭太郎が、勝江にたたかれた背中を痛そうにさすりながらいうと、すかさず順吉が、

「このかたは、ゴルフの穴よりも相場の穴を狙うてはりまんねん、ちょっと協力してくれはれしまへんどっしゃろか」

といい出した。われながら、うまく話のきっかけをつかんだものだと、順吉はごくりと唾《つば》をのみこみ、

「今が絶対のチャンスです。ここを逃しては相場やる時、おまへん」

といつの間にか予想屋口調になった。

「一体、なんの話ですねん」勝江は眼をパチパチさせて順吉をみつめる。

「つ、つまりでんな」

順吉は舌なめずりをしながら、ポケットから株式新聞を出して卓の上に拡げ、皺をのばし、威勢よく節をつけてしゃべり出した。

「さあ、さあ、一つこれを見とくなはれ、この大洋製紙、資本金は二億円、ひと頃株価は、三百円から三百と五十、去年、おととし、一割配当つけよった——」

「ちょっと沢田はん、待ってんか」

と勝江は苦笑しながら順吉の話をさえぎった。

「わてに相場の話聞かしたかて無駄や、わて、当分相場をする気はおまへんねん」

順吉は、血走った眼つきをして、

「そ、そやけど、これは大穴——」

「大穴？」

勝江は笑い出した。

「そら、相場にも大穴はありまっせ、じつは、わてかて朝鮮動乱のどさくさに相場で大穴を当てて、まあこれ位の会社をもつ地盤を作ったんですわ、それでわてはスパッと相場はやめた、そういう大穴なんてもんは、しょっちゅうあるもんやなし、大抵の人は大穴を狙おうと思うて墓の穴をほってますのや。相場ちゅうもんで本当に儲けはる人は、何千人の一人、それも儲けるだけ儲けたら、スパッとやめるのが肝腎やとわては思うてまんねん。パチンコでもそうだっしゃろ、ちょっと儲かったからやいうていつまでもだらだらやっとったら、しまいにはかならず元も子もいかれてしまう。これは勝負師の宿命みたいなもんやとわては思うてます。何事にも切りあげ場が肝腎や、こんなことというたら何ですけど、沢田はんは、この切りあげ方を間違わはったんと違いまっか、そうでなかったら、今みたいな状態にはならん筈や、相場に情熱を燃やしはるのは結構でっけど、相場の虫になっていつまでもこびりついてたら、生涯うだつがあがりませんよ」

と急に勝江はさとすようにペラペラしゃべりはじめたので、順吉は、塩をかけられたなめくじらのように小さくちぢこまってしまった。

「えらいきついこと、いうてしもたけど、しかし、これはこの際、沢田さんのことを思うて、思い切っていいましたんや、まあ、気ィ悪うせんといとくなはれ、まあ相場以外のことやったら、大抵、わては相談に応じさしてもらいま、うちの金曜日会のグループ等は、あら皆世間知らずのパーやから、沢田はんに先生になってもろて、株式相場の常識をつけてやってもらいたいと、これはわての方からお頼み申しまっけど、わて個人は、相場に出る時は、これという自分に確信がつかんことには出動ようしまへん」

幾多の荒波を乗り越えて事業を今の軌道に乗せきっただけあり、勝江のそうした言葉の中には嵐が吹いても動かぬという気魄《きはく》がこもっている。

順吉は、とりつく島がなかった。

「わいは相場しか……」

取柄のない男ともいえなくなり、

「……出来んとは何ちゅう情ない男でっしゃろ」

などと涙をふとにじませて順吉はいい、

「大崎さん、帰りまひょか」といかにも情ない声を出した。

勝江は、つけくわえてこういった。

「こと仕事、商売、の話になったら、わてはこないにきつくなってしまいまんねん、そやけど根は純情でっせ、沢田はんには、そのうち、わてが適当な仕事を見つけたげまっさかい山気なんか起さず、当分は金曜日会の奥さん方の先生になっといておくれやす」

「ヘエ」と順吉は不景気な声で返事をした。

「大崎さんは、明日のおひる一時、わてとこ来とくなはれ、お宅の就職を予定している会社の社長さんがわてとこへ見えまんのや、いうときまっけどお宅かて、一度相場で頭を打ったことをきもに銘じて、危いもんに手を出さんよう気ィつけなあきまへんぜ、もう来年は大学を卒業しやはるのやさかい、真面目な気持に戻っとくなはれ」

「何じゃ、あの女」

興和ビルを出て、北御堂の方へぶらぶら散歩しながら、恭太郎は吐き出すように順吉にいった。潤《しほ》んだようにうなだれて歩いている順吉を慰めるつもりでいったのである。

恭太郎の方は、勝江があいうのはもっともだと思っている。相場をするから一口のれと相談を持ちかけていく方が、むしろどうかしているのであって、勝負事は切りあげ方が肝腎や、いつまでもだらだらやってたら、いつかは、かならずやられてしまう、といった勝江の言葉を恭太郎は先程から噛みしめているのであった。

「わいは、大崎さんに逢わす顔がない」

頼りない声を順吉は出し、伏目がちに眼をしょぼつかしているのである。

「別にあんな女豪傑に頼らんでもかめへん、何とか他で金策はつくわいな」

と恭太郎は励ますように順吉の肩をたたいた。

「そやけど大崎さん、明日、一応、女社長の家へ行っとくれやす、相場の資金、出しくさらへんのやったら、せめて就職だけでも面倒見さしてやらなムカッ腹が立ちますやないかいな」

「うん」

恭太郎は、何もこんな時に――とちょっと舌打ちしたい気持だが、せっかく順吉が努力してくれた就職のことをむげに振り捨てるのは順吉に対して気の毒な気がし、

「まあ、一応、顔だけは出してみる」とうなずいた。

芦屋にある花岸勝江の家は、順吉に別に地図など書かせなくとも、彼の口説明だけで、ほぼ見当がついた。

「順さん、今からどうする？」

「わいは大国病院に行って来ますわ、盲腸のガキがえらい淋しがっとるこっちゃろから

──大崎はんは、どないしやはりま」

「俺はただ金策あるのみ」

恭太郎は先程から、借金出来そうな人の顔を二つ三つと頭に浮かべ出していた。

──本町四丁目でいっしょに昼飯を食べてから、恭太郎は順吉と別れ、タクシーを飛ばして、難波の下宿へ戻った。

「あれ、もう旅行は終ったんですか」

机にむかって、何かせっせと書きものをしていた耕平は、恭太郎が、留守番、御苦労であったといいながら、だしぬけに上って来たので、うろたえて机の上の原稿用紙を下に隠すのである。

「電話か電報下さったら、迎えに行きますのに」

耕平は、その辺に乱雑に散らばっている湯呑み、灰皿、辞書などをあわただしく取り片付けながらいった。

「いや、急に思いついたことがあったさかいな、──何書いとったんや、ラブレターか」

恭太郎はニヤニヤして机の下に手を入れ、彼の隠した原稿用紙を取り出そうとした。

「駄、駄目ですよ」

耕平は、あわててそれをさえぎり、原稿用紙を取り返す。だが、畳の上にフワリと落ちた一枚には、「歪んだ青春」と小説の表題らしいものが書かれてあった。

「何や、小説、書いとったんかいな」

「はあ」

耕平は、苦々しい顔つきで、二、三十枚あまりの原稿用紙を揃え、紙袋の中へしまい出す。

「ヘエ、君、小説たらいうもん書くのか、器用な男やなあ、失恋した男がよう小説書くもんやと誰かに聞いたけど、君も誰かに肘鉄《ひじてつ》喰わされた口とちがうか」

と恭太郎はいって、カッカッカッと笑った。

耕平は、白々しい眼つきで、ふと天井を見上げたり、時々窓の方へ視線を向けたりしながら、紙袋を鞄の中へしまうのであった。

「なんや知らんけど、鳥井君、元気がないやないか」

恭太郎は卓の上へあぐらをかいて坐り、煙草を口にしてニヤリとする。

「旅行の方は、どうだったのですか」

耕平はふと顔をあげていった。

「どうもこうもないわ、無茶苦茶や、演劇部員の一人が、自殺未遂やりよってな、スッタカモンダカ大騒ぎや、つき合うてると面倒くさいから、一足先に帰って来た」

「引率していった大崎さんが一人で先に帰って来たのですか、皆、ほったらかして」

「ああ、ちょっと急用が出来たもんやから——これから君、一仕事やぜ、この下宿をひき払うんや、家財道具全部古道具屋に売ってな」

「ど、どうしてですか」

突拍子もないことを彼がいい出したので耕平はびっくりした。

「また、一発相場やってこましたるねん、今日中に古道具屋呼んで部屋の中のものは全部整理してしまうわ、明日はこの下宿をひき払う、敷金をとるのが目的や、なんせ今は、一銭でも金が沢山欲しいんや」

「それで大崎さん、何処に引越すのですか」

「そんなもんあてあるかいや、君のとこ、しばらくおいてくれんか」

恭太郎は冗談めかして耕平にいう。

「はあ、だけど、僕のところには、二、三日うちに東京の妹が遊びに来るのです」

「それやったら、なお、結構やと思うな」恭太郎は、また、カッカッカッと笑う。

「だけど、僕のところは、三畳一間ですから——」

「冗談や、冗談や、何も君とこへ迷惑かけへん、俺は女に性が悪いさかいな」

恭太郎は陽気な口調でいって、

「今夜は、引越しの荷造りするさかい手伝うてんか、荷物いうたかて、着るもんと学校の本位やさかい行李一つ位や、あとは全部、この際、金にかえてしまう」

「はあ、だけど、大崎さんは行くあてがないのでしょう」

町子のところかな、と考えはおよんだが、しかし、あんな狭いバラック小屋にあんな大勢の家族と雑居出来る筈はない。

「木賃宿や、これが一番気兼ねなしで、ええわ」

新世界のジャンジャン横町の付近に労働者相手の木賃宿があり、そこにしばらく席をおくつもりだと恭太郎は笑いながらいうのである。

「木賃宿――」耕平は眉を曇らせ、ふと眼を伏せた。

いわば、一つの主義のため、そんな状態にまで突入して戦おうという彼の精神力に畏《い》敬《けい》を感じたのである。それでいて、そうした彼に対し、何の援助も出来ぬ、自分の狡猾な不甲斐《ふがい》なさが恥ずかしくなってきたのでもあった。

だが、事実、耕平の妹は、ある事情で、二、三日のうち、こちらへやって来ることになっている。その連絡の手紙が妹から来たのは今朝であった。「歪んだ青春」などという小説をふと発作的に書いてみたい心境になったのも、じつは、その妹からの手紙が原因になっているともいえる。

耕平は、思いきったように首をあげ、

「大崎さん」と、せっぱつまった声を出した。

「何や」と、恭太郎も、その耕平の語気に、ふと四角ばった顔つきになった。

耕平は、しばらく眼を閉じたり、開いたりしていたが、

「長らくお世話になりましたが――僕、大学を廃める決心をしました。いろいろと考えた末なんです」

「そら、また何でや？」

恭太郎は、卓の上のあぐらを解いて、畳の上に坐り直した。

「学校を中退して就職するんです」

そして耕平はじっと畳に眼を落すのであった。

「へエ、そらまた急なことやなあ、今度は前と違うて大分決心した上のことに見えるが――」

恭太郎は、去る者は追わず、と口のなかでくりかえし、なにか深い事情のありそうな耕平をなかばあきらめた気持で見ていた。だが、それにしてもこの男は、どうして先程から悄然《しょうぜん》とした顔つきをつづけているのだろうと気がかりであったが、次にいった耕平の言葉でその理由がわかった。

「――大崎さんは、僕の身の上のことをよく知っておられるから、思い切って打ち明けてしまうのですが……」

耕平は、天井を見たり、畳を見たり、体をしきりにもじもじ動かして、

「じつは、大崎さんだけに打ち明けるのですが――」

とさらに前おきして、

「僕の妹は妾になるのです」

そういって、耕平は淋しげに笑った。

「僕は、その妹の旦那さんが専務をしている会社に入社させてもらうことになったのです。妙な情実ですよ。妹は、いつの間にか神楽坂で芸者をしていたんです。人の世話を受けるようになると妙に心細くなったらしく、僕に東京へ帰ってくれ、といっているのです。今度、妹が大阪へ来るのもその話だろうと思うのですが」

恭太郎は、フーン、そうか、と首を動かしながら、

「妾、妾というたら、そらへんてこに聞えるけど、君とこの妹はんとその相手の男が、恋愛したんやと考えたら、ええやないか」

などと奇妙な慰め方をしたが、

「僕は、しみじみ自分の宿命を感じるのです」

と、耕平は独白するようにいい、

「僕も、これから大崎さんのように積極的な現実主義者として生きていくよう努力します。つまり、俗悪な精神に徹しようと思うのです。その点、僕は、いろいろと大崎さんから学びました」

とつけくわえていうのであった。

妹の旦那になった専務の会社へ無神経を装って入社することに耕平は悲壮な決心をしたわけである。醜関係がもたらす陰翳《いんえい》に誘いこまれてはならないと、消極的な精神は殺し、堂々として通俗に行動しようと自分にいい聞かせているのである。

「あんまり、こだわることはないぜ、自分の肉親の一人が人の妾になるちゅうことは、世間にいくらでもあることや」

などと恭太郎はいい、生来、陰気な耕平だけに暗い救われない気持になっているのではないかと心配するのであった。

「一体、何ちゅう会社に入るねん」

「大洋製紙です」

「えっ、大洋製紙」へエ、と感心したように恭太郎は顎をひいた。

「そら、君、危いぜ」

「危いとは?」

「いや、はっきりしているわけやないねんけどな……」

と、恭太郎は、すぐに口をつぐんでしまった。

耕平は怪訝な表情をして、恭太郎の顔を見たが、彼は眼を閉じ、苦しそうにひょっとこのように口をとがらし、腕を組んでいるのである。

馬鹿に大きい花岸勝江の表札を見ながら、呼鈴を押すと、黒光りした脇玄関の扉が、ギーッと開き、白いエプロンをつけた和服姿の女中が出て来た。

「浪花大学の大崎というものですが、奥様は……」

おいでになりますか、と聞かないうち、女中は、小声で、どうぞ、どうぞ、といい、早く入ってくれ、というように手招きするのである。

恭太郎が中へ入ると女中は一旦、門の外へ出て、何か意味ありげに道の左右を見て、すぐ引きもどし、閉じた扉に鍵《かぎ》をかけるのであった。

「どうぞ」

と今度は、はっきりいわれて、女中のあとにつき小砂利の上を歩いて行くと、よく拭きこまれた式台に影をうつしている白い障子が開き、女中が二人出て来て手をついた。

「大崎様です」

恭太郎を案内して来た白エプロンの女中が、衝立《ついたて》を背にして坐っている女中達に告げる。

就職の話ということだから、恭太郎は珍らしく学生服を着、角帽をかぶっていた。

女中達は、ヒソヒソ小声で話し合ったが、すぐ、

「失礼致しました、どうぞ、お上り下さい」

と、慇懃《いんぎん》な物腰でいったところを見ると、勝江は恭太郎のことをあらかじめ女中達に

通しておいたのであろう。奥の応接間へすぐ通された。

女中達が姿を消すと恭太郎は、紫のカアペットの上を歩き廻って日当りのよい庭の滝を眺め、次に重々しい装飾品置物や、額の日本画を見ていた。

「お待っとうさん」

銘仙《めいせん》の普段着に茶羽織をひっかけた恰好で勝江はあらわれた。

「昨日は、どうも――」

「いえ、こちらこそ」

勝江はソファに坐り、卓の上の煙草ケースから一本抜き取って口にした。恭太郎はポケットからライターを出し、煙草に火をつけてやる。

「そや、そや、とかくその要領が就職するには必要でっせ」

と勝江はキャラキャラ笑い、さし出されたライターに顔を近づけた。彼女の顔は、寝不足のためか土色になっている。はれぼったい眼をしょぼつかせて勝江はうまそうに煙草の煙を鼻から出していたが、

「ああ、あんたの就職を予定しているとこの社長はんな、今、バクチであつうなっとるねん」

「バクチをなさってるのでっか」

「うん、ちょっと気の弱いおっさんやからな、すぐカンカンになってしまいよる。靴の

んな」

「靴の紐屋？」

「靴の紐製造会社や、そやけど今、景気がええのでっせ、わては将来性があると思いま

紐屋はやっぱり気が小さい」

恭太郎は、口元で笑い、一本いただきます、と卓の上の煙草をとって口にした。

「普通、うちでバクチを打つ時は夜中の二時までということにしてまんのやけど、時々、こうやって徹夜になってしまいまんねん」

そういって、勝江は大きなあくびをした。昨夜、取引先の会社社長、会社重役、それに、日頃、心安くしている人々が、花岸家につどい、バクチの例会を開いたのだが、いつもより顔が揃ったので場が活気づきついに徹夜、まだえんえんとしてバクチは奥でつづけられている、という勝江の話である。

女中が馬鹿に外部を警戒しているように見えたのは、じつはそういう理由であったのかと恭太郎はようやく納得の出来た気持になった。

「外の方、一応、警戒だけは厳重にさしとりますねん、この間なんか、あんた、刑事の阿呆が何処で聞きつけてきよったんか、のこのこ、ここへのぞきにやって来よりましたんや、そやから、リストに乗ってへんわけのわからん客やったら、玄関ばらい喰わすようしとりますねん」

「じゃ、その社長さんがバクチおすみになるまで、僕はここで待ってるのでっか」

昨夜と今朝とにわけて、家具、調度品を古道具屋に売りわたし、それで得た六、七万の金ですぐに北浜へ走ろうとしたのだが、勝江の家へ一時に行かねばならぬ約束があったので、それを先に果しに来たのだ。バクチなどしている靴の紐屋を待って、こんなとこで貴重な時間が潰せるか、と腹立たしくなり、すぐにここを出ようと決心しかけたが、

「どや、あんたも社会勉強のつもりで、ここのバクチ場をちょっとのぞいて見ィへんか、ここで待ってるのも阿呆らしいこっちゃろし」

と勝江はいうのである。すると、恭太郎はなんとなく、ここのバクチ場というものをちょっとのぞいてみたい気になった。昔、彦根の叔父に連れられて本当のバクチ場というものを見学したことがあるが、会社の社長、重役だけが集ってのバクチ場とはちょっと興味がもてる。

「ええ、少し、見学さして下さい」

「ほな、行きまひょ、そやけど、あんた、ここの話を他人にしたらあかんし」

と勝江はいい、先に立って応接間を出て行った。

勝江のあとについて、二階へ上り、廊下を一つまがった一番奥の二間つづきの座敷へ入っていった。

この座敷の周囲は、虎《とら》の絵を書いた襖で囲まれている。十畳の方には、いわゆる「盆《ぼん》

蓙《ざ》」がわりに白い布が一直線にひかれ、十人あまりのいかにも恰幅《かっぷく》のある紳士連中が、丁半バクチをやっているのであった。昨夜から、夜を徹してのバクチだけに皆くたくたに疲れており、土色になった顔をしきりに手でこすっている。中には、襖の虎のように四つんばいになり、だるそうに片足を右へ左へとのばし、体をもてあましている者もいるが、しかし、「壺皿《つぼざら》」（賽《サイ》コロを入れる器）がポンと「盆蓙」に伏されるごとに、充血した眼をカッと見開いて、丁か半かと賽の目をたしかめるのだ。

この部屋につづいている六畳の方には、バクチに精根を使い果したのか、バクチをするにも金が切れたのか、二三人の紳士が、毛布を頭からかぶり、丸太ん棒が投げだされたような恰好で死んだように寝入っている。

「よろしおまっか、よろしおまんな」

この寒いのに、縞の着物を片袖脱いで、壺皿を振ってる男は、どこからか雇って来たこの筋の熟練者らしい。壺皿持った片手を、全員が各々丁や半に賭け出したと見るや、心持上にあげて勢よくポンと白布の上へ伏せておく。

女中達がそっと襖を開けて入って来ては、客達のうしろに小穢く散らばっている煙草の空箱、灰皿、ウイスキーの空瓶、食物の小皿など、静かに取りかたづけ出し、足音を忍ばせ、そっと出て行く。

パッと壺皿があげられ、「丁！」

合力と称するいわば賭場《とば》の世話係が、半にかけていた者の「駒《こま》」をくま手のようなものでかき集め出し、丁に賭けていた者へ分配していく。「駒」というのは「盆蓙」の上で現金のかわりに通用さす木札で、この賭場の貸元である勝江があとで現金と交換するのであり、「貫木」と名のついた木札が一万円、「金駒」というのが五千円、「ビタ駒」というのが千円、と本格的にやっている。

賽の目の奇数が半、偶数が丁、それだけで勝負を決する単純な丁半バクチをこの紳士達は、よく飽きもせず夜通しやっていたのである。

恭太郎は、勝江のうしろに坐り、じっと盆蓙の上を見ていたが、案外、馬鹿な人間はいるものだとちょっとおかしくなった。というのは彼らは、貸元である勝江に、いわば、賭場の貸料としてテラ銭を払っている。雇われて来た合力が一回毎《ごと》の勝負にキチンと計算してテラ銭を取り、床の間においてある大きな賽銭箱《さいせんばこ》のようなものに収めているのであるが、こうしたテラ銭は普通五分だから、二十回やれば、一回の賭け金が全部テラ銭になってしまう。丁半バクチは、一時間に三十番くらいやれるから、二時間やれば三回の賭け金が全部テラ銭になることになり、こんな調子で徹夜などすれば彼らの金のほとんどはテラ銭になってしまうのだ。それなのに、この丁半バクチは、まだこれからどこまでつづくか見当がつかないのだから、まったくおそろしい話である。ほとんどが貸元の勝江に証拠書を書いて借金し、つづけているのであろう。

勝負事を長くつづけていると、結局はやられてしまうという原理をとなえている勝江が主催者なのであるから、彼女はその原理を逆用して月々こうした賭場を開き、莫大《ばくだい》なあぶく銭を稼いでいるのだろう。

「この人が、あんたの就職を頼んでる会社の社長さんや、田代さんといわはるねん」

と勝江はすぐ隣に坐っているグレイの背広に縁なし眼鏡をかけた四十くらいの男を指さし、うしろの恭太郎をみた。

だが、田代という社長は、ちらとも振向かず焦燥に顔を歪め、やたら煙草をふかし、血走った眼を賽に向けているのである。もうかなりの金をすって、のぼせ上っていることは誰の眼にもはっきり映じた。

「あんた、もうええかげんにやめたらどうや、そんなにあつうなったらあかんし」

と、勝江が、やけになったように大きく賭けつづける田代に注意をしたが、そんなことなど彼にはもう耳に入らないようで、

「丁だ！」

現金を駒に両替するのも面倒くさくなったらしく、内懐から紙帯のついた手の切れるような札束を出して、たたきつけるように盆蓙の上へ投げるのである。

「半だ！」

「丁だ！」

周囲の客達も、それにつられたように、スパッスパッと札束を盆蓙にたたきつける。

「半だ!」勝江の横からニューと手を出し、盆蓙に五万円ばかりの金をたたきつけたのは、恭太郎である。

勝江はびっくりして振り向いた。しかし、止めようともせず、ニヤリとしてふたたび眼を盆蓙にもどすのである。

周囲の殺気づいた客達は、一人の若い新顔がくわわったことなど意に介せず、じっと壺皿があくのを待っている。

「半!」

壺皿があいて、賽の目は、三と四の半。

恭太郎が賭けた金の上へ合力によって金がつけくわえられ、田代の賭けた金は、くま手でスーッと持って行かれてしまう。田代は、恭太郎の顔を憎々しげにちらと見た。勝江は、頼もしげに恭太郎の顔をみて、ここへ入って、やったらどうや、と席をあけ、そして、

「なかなか、やるやないか」

とニーッと金歯を出して笑い、恭太郎の背中をたたこうとしたが、

「おっと、バクチで人の背中をたたくのは禁物でっせ、つきが狂いますわ」

と勝江の顔をにらんで恭太郎は体をそらした。今までぼんやりとかすんでいたような

恭太郎の眼が、ちょっと凄味《すごみ》を帯びてピカリと光ったようなので、勝江は、ハッとし、振りあげた手をひっこめた。

「丁だ！」

「半だ！」

ハリのある恭太郎のかけ声に、半ばたるみがちであったこの賭場がふと活気づいてきたようである。

——恭太郎は俄然、ツキ出した。二時間ばかりの間に彼の膝元は、駒と札束で埋まったのである。

もう五十万円は突破したかなと、ふと膝元の金を数えてみたくなるが、そんなひまはない。右手に駒を左手に札束をぐっとわしづかみにして、

「半だ！」と挑みかかるように盆蓙にたたきつける。

その勢に圧倒されたのか、「あかん、もう、ヤンぺや」

といって、一人が、わざとらしく大きなのびをして立上り、つづいて一人が、もう、玉切れや、と帰り支度にかかり出す。

そうした客を、勝江に呼鈴を押されてあらわれた女中が、丁寧に送って行くのだが、

勝江も客について廊下へ出、

「えらい落目でしたな、ほな、また来月やりまっさかい来とくなはれ、通知しまっさ」

と、丁寧に頭を下げ、紙包を渡すのである。中には千円札が一枚入っている。これは本人の勝ち負けにかかわらず、帰りの交通費として出すこの場のエチケットらしい。

「あの学生、何もんや？」

「さあ、わても何もんかわかりまへんねん」

などの会話をかわしながら、勝江は彼らを玄関口まで女中といっしょに送って行き、もどって来ると、もう組織的賭博《とばく》は終幕になっていて、田代と恭太郎が壺皿係の男をはさんで向き合っていた。さしで一発勝負をするらしい。帰り支度をしながら他の客達は、この二人を囲むように近づき、興味的な眼を二人の間に向けている。

勝江も二人の勝負を観戦すべく立膝をしてその場にかがんだが、ちょっと首をかしげた。恭太郎は、就職の件で、じつは田代に逢いに来ているのである。それがお互いに火花を散らすような眼でにらみ合い、今から、さしで勝負をつけようとしているのだから、奇妙なことになったものだと、勝江は不思議そうに二人の顔を見くらべているのであった。

もちろん、この一発勝負を挑んだのは、田代の方であるが、あきらかに田代は冷静をかいていた。そして、恭太郎に彼の膝元の金を一応かぞえさせているのである。

「五十七万八千円あります」

恭太郎は駒と札束を積んで前へさし出す。古道具屋に家財道具の一部をたたき売った六万円の現金が十倍近くになってしまったのだ。

「よし、五十万円一発勝負にいこ、ええな、かめへんな」

田代は懐から小切手帳を取り出した。

「田代はん、今日はもうやめた方がええことないか」

「また、この次の日にしなはれ」

と周囲にあつまっている人々は、完全に興奮状態に陥っている田代を静めようとして口を出す。

田代は、この賭場に持ちこんで来た金が三十万円、それに小切手を書いては貸元である勝江に駒とかえさせ、次々にまきあげられ、計百万円はすっているのである。それが、この賭場の新顔の若造、恭太郎に攪乱されているのだと知って、やけにならざるを得なくなったらしい。人が止めるのも聞かず、田代は恭太郎に挑戦したのであった。

「ええな、学生、五十万円、一勝負やぞ、やるか」

と田代は恭太郎をにらみつけるように見て、しかし、小切手帳にむける万年筆がぶるぶる震えている。おそらく前にいる相手は、自分の会社へ入社目的で来てる学生とは意識していない。恭太郎も、田代を勝負の相手以外の何者でもないといった顔つきで、

「五十万円でも六十万でも、こっちはすって元々や、勝てばただ儲け、何なら、全部いきましょ」

と膝元の五十七万八千円をぐいと前へ押し出したのである。

その人を食ったような恭太郎の言葉に思いなしか田代の顳《こめかみ》はピクピク痙攣《けいれん》したようだ。震える手で五十七万八千円をやっと小切手帳に書き、その場へ投げつけるようにした。

いくら会社の社長とはいえ、たかが靴の紐製造会社である。百万円近くすったあげく、六十万円近くの一か八かの大勝負をやるのだからいやが上にも、のぼせ上るのは無理ないことだが、

「これ不渡りと違いまっか」

などと、とぼけた声を出して恭太郎が投げ出された小切手を手にとったので、

「阿呆ぬかすな！」と田代の声は浅ましいばかりにうわずっていた。恭太郎の相手を怒らせる戦術に完全にひっかかった形である。

「よ、よろしおまんな」

壺皿を振る男も興奮している。高く持ち上げた壺皿に二つの賽を勢よく投げこんで、ポンと白布の上へおき、勝負する二人の顔を、眼をつりあげて交互ににらむのであった。

「丁だ」

田代はそういうと、畳の上にバッタリ両手をついた。そうでもして体を支えていない

と、ぶっ倒れそうになったからである。

「半だ」

恭太郎の眼も異様な光を帯びる。

「勝負！」

さっと壺皿はあがって、カッと賽の目を見た途端、ヒェッ、と田代は笛のような声を出して、頭からぐったりとその場にうずくまってしまった。勝った恭太郎の方も急に疲れが出て、片手を畳について体を支える。

やがて、畳にうつ伏してしまっている田代は、合力達の手によって隣の部屋に運ばれ、遭難者の死体のように毛布をかぶせられて横たわった。

観戦者はぞろぞろと引揚げ出したが、恭太郎は茫然として、眼の前に積まれた駒を合力達がきわめて事務的な手つきで現金と交換していくのを見つめていた。山と積まれた札束と田代から勝ちとった小切手を合わせると百十五万六千円である。

「もうええやろ、ほんまに、あんた、ええ根性してる」

と客達を送って玄関まで行った勝江がもどって来て、ドカンと背中をたたいたので、ぼんやりしていた恭太郎はハッとしてわれにかえり、賽コロと自分とのけじめが、はっきりとついた。そして、えらいすんまへん、といって前の現金を指さし、

「なんや、悪いようでっけど、今ちょっと金が入用な時でっさかい拝借さしといてもら

いまっさ」と勝江にいった。

「拝借て、あんたが勝ったんやさかい、皆あんたのもんやないかいな、まあ、階下へ来てお茶でも飲みなはれ」

恭太郎は小切手をポケットに入れ、現金を新聞紙にくるんで勝江のあとについて行った。

恭太郎は勝江について階下の茶の間に入った。長火鉢の前へ坐った勝江は、

「ほんまに、あんたはええ度胸してる」

といいながら、鉄瓶の湯を急須《きゆうす》にそそぐ。大きな猫が鳴きながらのっそりと勝江の膝にあがった。夕陽《ゆうひ》が白い障子を通して壁にかけられた三味線を照らしている。ついに今日は北浜へ行けずじまいになったことを恭太郎は残念に思ったが、ここへやってきたおかげで、思いがけない大金を握ったのだから、あきらめがついた。勝江にさし出されたお茶を恭太郎はうまそうに音をさせてすする。今日程お茶がうまいと思った日はない。

バクチに勝ったんだから、百十五万六千円は、あんたのものだと勝江はいうけれど、ようやく気分がおさまってくると、はじめてきた場所で、よくもまあ知らぬ人間相手に大きなバクチをやったものだと、恥ずかしいような、うしろめたいような気持にもなり、恭太郎は茶碗を長火鉢の上へかえして、

「まったく厚かましいことになってしもうて、えらい気分をこわしてはるやろと思いまっけど、いつかはかならずおかえしさしてもらいます、今、ちょっと予定している仕事がありまんので、このお金しばらく利用させてもらいます」

といいうと、勝江は手をふって笑うのだった。

「まあ、そんなこと、遠慮せんでもええわいな。そやけど、田代はんに就職の件を頼むのは、ちょっと都合悪うなりましたな」

「そらもう――大体、僕はさいしょから就職の意志はおまへんねん、沢田はんが、すすめてくれるものを断るのは悪いような気になったもんやさかい――」

「なんや、そうかいな、ほな、わても助かった」

と勝江は顔をくずして、恭太郎の湯呑みに茶を注いだ。

「そやけど、わてはあんたのバクチ場の落着きに感心しました、またようツイてはりましたなあ、なんぞ、バクチする上のコツというものがありまっか」

「そら、少しはあります」と恭太郎はニヤリとしていった。

大体、丁半のように二分の一の確率の上にたつ賭博は三度か四度に一度は勝つ筈である。だから千円賭けて当らなかったら二千円賭ける、二千円やられたら四千円賭ける、こんなふうにして倍々と賭けて二千円でも三千円でも勝ったときにバクチをやめればこれが一番固い。ただし、これは資本が沢山ある場合の安全手段であるが、自分としては、とにかくツイているもののあとについて賭けるという方法をとり、いいかえれば、ツイていない者の反対をやるのだ、と恭太郎はいった。

「あの田代という社長さん、全然ツイてなかったでっしゃろ、そやから、あの人が丁といえば、私は半、半といえば丁、ただこういう要領でいったんですわ」

もっとも、この方法とて確実なものでないが勝負事とは自分の力ではどうにもならぬ因子によって勝負が左右されるものであり、科学的には分析出来ないものである。だから、直感、霊感というものに頼る他に方法はないが、ツキというものは、その場で一人にかならず一度は、周期的に廻ってくる。それが廻って来た人、逆になっている人を見つけてそれに合わして賭けるのも要領の一つだと恭太郎はつけくわえていった。

フンフンと勝江は大きくうなずいて聞いている。

「それに僕は、今日のバクチでも大体わかったんですが、今、ちょうど、ツイてるときに僕は来てると思うんです。そやから、なんや悪いような気はしまっけど、お宅で稼がしてもろうたこの百十五万六千円で、これとにらんだ株、つまり、自分の第六感にピーンときた株を買うて勝負してみるつもりでんねん」

と恭太郎はいって、ふたたび、茶碗を長火鉢の上におこうとしたが、

「えらい！」

といった勝江の大声にびっくりして茶碗をひっこめた。

勝江は長煙管《ながギセル》をポンと長火鉢の縁にあて、

「若いのにようそこまで修業したもんや」と満足げにうなずき、

「わての考えとあんたの考えといっしょやないか、こらおもろい」

と金歯を見せてキャラキャラ笑い出し、

「昨日、沢田はんが株の話、持ってきましたやろ、あれ、なんでわてがすげのう断ったかといいますとやな、沢田はんという人は、もう勝負運に見離されている人やとわては思いますねん、あの人は若いときには運がおました。青年運というやつですかな、ああいう人は中年運はようない、それやのに、あの人、いまだに投機一本に夢を追いつづけてはりまっしゃろ、あら、あかん、若いときに儲けるだけ儲けたら、ピタリとあぶない橋渡りはやめて固い仕事をはじめはったら、ああまで落ちぶれなかったやろと思いますねん、ああいう落ち目の人が相場の話を持ってきたさかい、わては乗る気にならなんだ。えげつないようやけど、あんな人と仕事の話では、つき合いとうはおまへん、ろくなことがないさかいだす、いや、こらほんまだっせ、ここの割り切り方が大切ですわ、あんた、前に相場でちょっと失敗したというてはったけど、あの人の意見聞いたさかいと違いまっか」

そう勝江にいわれて、恭太郎は苦笑した。

「あんた自身は、いまついとるときや、わてはあんたの持って来る話やったら、改めて相談に乗らしてもらいまっさ」

と勝江は、さあ、いいなはれ、持ち出しなはれとのり出すようにしていうのであった。

恭太郎は、さも愉快そうに、カッカッカッと笑った。そして、

「じつは、でんな」

と大洋製紙のことを改めて持ち出したのである。

勝江は、腕組みして眼を閉じ、フムフムと首を動かして恭太郎の話を聞いた。

「今は、さして驚くほどの動きは見せとりまへんが、僕の勘では来年のはじめあたりを期して米花製紙の大がかりな買占がはじまるのやないかと思うのです。そやから便乗する機は今をおいて他にないと思うんですが——」

勝江は心持頭を垂れてじっと聞いていたが、ようやく眼を開け、腕組みを解き、

「やりまひょ」

といかにも女豪傑らしいどっしりと重量感のある声を出した。

「あんた、ちょっと来てくれなはれ」とつぎに勝江はさっと立ちあがったので、恭太郎は新聞紙にくるんだ金を小脇にし、彼女のあとにつづいた。

今度は三階へ上るのである。

「うちの宿六に一応、いうとかんならんさかい——」

という勝江のうしろについて、恭太郎は三階の廊下を一つ廻る。

つきあたりの襖を開けると、六畳の間の襖を越したつぎの座敷に、勝江の中風の夫、といっても勝江の廃人の旦那だが、まるで殿様のように豪華な絹の布団によこたわり、お付きの女中が二人、交替で中風の彼、花岸五郎左衛門の面倒を見ているのである。

「あんた、わてはこれから一仕事するさかいな、今度はちょっと大きなバクチやぜ」

と勝江は横になっている五郎左衛門に大声でいった。

「この人といろいろ協力してやるねん」

とつぎに勝江は恭太郎を指していった。

五郎左衛門は女中に上体を起されてなにか口の中でブツブツいった。

「ナニィ、なにいうてんねん」

勝江はしゃがんで五郎左衛門がボソボソ動かしている口に耳をあてて聞いたが、すぐ立ち上って、恭太郎に、

「このおじいさん、今日はええ天気やというとりまんねん、もうこうなったら人間もおわりでんな」といった。そして、

「ほな行きまひょ」

尻を振って先に歩きはじめたので、恭太郎は五郎左衛門に最敬礼し、彼女のあとを追いかけた。廊下へ出ると勝江は、

「わて、なにか仕事をやる際、あのじじくたに一言言葉をかけるようにしとりますねん、

まあ、まじないみたいなもんですわ」

と恭太郎にいうのであった。

「あの人も哀れな人でしたやな、あの年でもう頼る身寄りがわてしかおまへんのや、なんちゅうても、あれがわての処女奪いよった男でっさかいな、面倒みさしてもろてまんねん、けっさくでっしゃろ」

といって、勝江は、またキャラキャラ笑うのである。


北新地の料亭、小松にて七時に待つ、という妹の電報を受取った耕平は、急いで風呂へ出かけ、そして散髪に行った。妹の京子は旦那の村瀬といっしょに大阪へ来るということになっている。就職の面接に行くような心構えになって一帳羅の背広を着、身だしなみに気を使い、耕平は夕方になると梅田へ出た。

——ああ、今日は二十四日か—— クリスマスイブである。

耕平は百貨店に飾られた仰々しいサンタクロースの人形を見上げた。

阪急百貨店から北野劇場、OS劇場にかけての一帯は自由に身動きの出来ぬ程、人で混雑をしている。この梅田界隈の盛り場から電車通りをへだててつづいているのが、花街、北新地だが、騒々しく、埃っぽく、景色は歩く人のオーバーで黒々としている。レコード屋の拡声器はむやみにホワイト・クリスマスをならしつづけ、やかましい人や車の往来を一層、うるさいものにしていた。

「こちらでございます」

と、出て来た料亭、小松の仲居に案内されて、小さい庭にかけられた朱塗りの橋をわたり、奥の離れに通された。

京子は、けばけばしい赤い布団に包まれた炬燵《こたつ》に入っていた。

「久しぶりね」

京子は微笑して三年ぶりで逢った兄をまぶしそうに見つめるのである。

「なんだ、おれの下宿へ直接来ると思ったのに、いつ、大阪へ着いたんだい」

「着いたのは昨日の昼間よ、大阪駅からすぐ電報を打ったの」

耕平は、この部屋に妹の旦那の村瀬がいないことに急に気持が楽になり、妹に対するしみじみとした懐しさで、オーバーを脱ぐと、炬燵の中へ足を素早くつっこんだ。

「おお、寒い寒い」

耕平は、京子の顔をしげしげと見つめる。久しく見ないうちに、妹はすらりとした体つきの洗練された芸者らしい芸者の感じを身につけてしまっている。薄く、描いたような眉をして、ふと笑うと以前には見られなかった色気のにじんだ線が口のまわりに出来るのである。

「お元気？　その後」

京子にいわれて、耕平は柔かい炬燵の布団に顔を押し当てるようにして、ウンウンとうなずいた。

「村瀬さんは――」

来てるのだろう、と耕平はポケットから煙草を出しながら聞いた。

「会議が長びいているらしいのよ、だけど、もう帰ってくると思うわ」

「会議だなんて、村瀬さんは社用で大阪に来たのかい」

「ええ、遊びに来たのじゃないのよ、私は兄さんに逢いたいから村瀬に連れて来てもらったんだけど――」

この際、村瀬も兄さんに逢っておきたいというから、仲良くしてね、と京子はえくぼを作って耕平にいうのであった。

旦那を持った妹の心境などを聞くのは、ちょっとこわい気がして、耕平はそうした話題をつとめてさけるのである。京子も意識して、自分の心境をはっきりと語らない。淡々として久しぶりで逢った兄妹は、とりとめもなく疎遠を詫び合い語り合うのであった。

「兄さんが前にくれた手紙に、大崎さんという人といっしょに仕事してるとあったけど、今もそうなの」

「いや、大崎さんとは別れたさ、あの人もいい人だけど、ちょっと向こう見ずでね、彼、すっかり落ちぶれちゃったんだ」

耕平は得意とするいいまわし方を妹にも向けるのであった。

「落ちぶれたって、どうなったの」

「下宿をひき払って、ジャンジャン横町近くの木賃宿に沈没しちゃったんだ。相場さえしなきゃいい人なんだが……」

「まあ、そうなの、学生なのにちょっと変ってるわね」と京子は笑った。

仲居が銚子や料理を盆に乗せて運んでくる。

「まあ、一杯」

と兄妹でくみ合っているところへ、部屋を出て行った仲居がすぐ引返して来て、

「旦那様が、お帰りになりました」

と告げる。耕平はハッとして坐り直すのである。

やがて、京子の旦那、村瀬が部屋へ入って来た。

「おかえりなさいまし」

と京子は立ちあがって、女中にかわり彼のうしろへ廻ってオーバーを脱がせる。

「兄さんです」

と京子に紹介されるよりも前に、耕平は炬燵を抜け出して畳の上にキチンと坐っていた。

「ああ、そうですか、これはこれは」

耕平が畳に手をついて腰をかがめようとするのに村瀬も合わして畳に坐り、しかし、お互に、どうも、どうも、といい合ったくらいで挨拶は終り、にじり寄るようにして炬燵に入った。

耕平は、妹の旦那が想像していたよりずっと若いので驚いたのである。三十二、三であろうか、気にしていた頭はハゲ茶瓶ではなく、髪の毛は黒々とし、色白の皮膚で、繊細な神経を持つインテリに見えるのである。こんな若さで専務という地位が保てるのであろうかという一種の羨望とまた彼の豊かさにすがりつきたいような、いらだたしさを同時に耕平は味わった。大崎と知り合ったとき、感じたのと同じ、女心にも似た頼もしさを耕平はふと村瀬に対して抱いてしまったのである。

「私、大阪へ来たのは、久しぶりなんです」

と村瀬は柔和な口調で耕平にいい、たえず細い眼の中に微笑を漂わせている。

耕平の妹の面倒を見るようになったことについての話は、やはり切り出さず、とにかく、わだかまりはなくそうといいたげに、久しぶりで見た大阪の感想を磊落な話し方で耕平に向かうのであった。

「少し、お疲れになったようですわ」

村瀬の横顔をじっと見ていた京子は心配そうにいった。

強いて顔をほころばしているようで、村瀬はたしかに疲れている。話しながら、体をだるそうに動かし、柔かい眼の底には、悲しげなうるみがあった。

「ちょっと会談が難航したんでね、少し、疲れた」

村瀬は京子にさされた盃の酒を眼を閉じて吸いこむと、それを耕平に渡して、自分で銚子をとって酌をしながら、

「学校を卒業されるのは、再来年なのですね、就職の方は引受けますから……」

「いいえ、すぐ入社させて頂きたいのです」とかぶせるように耕平はいった。

もう大阪でゴチャゴチャした環境にうろつき廻っていたくない、東京へ帰って、軌道にしっかりと乗っかったサラリーマン生活に入りたい、という意志をはっきりと耕平は村瀬に語ったのである。

「この人も兄さんを東京へ呼び寄せて欲しいというのですが……」

と村瀬は京子を指さして、

「だけど、学校をやめるのは、ちょっと惜しいですね」

と村瀬は柔和な眼をしばたきながら、いうのであった。そういう村瀬は、じつは、現在、京子の兄の就職どころではないのである。

叔父である社長の命令で、大阪へやって来たのであり、会社の興亡に関する重大な任務を帯びているのであった。

耕平といろいろ磊落に話し合いながら、村瀬の脳裡に、さき程からちらついているものは、米花製紙会社の社長、米花国之進と専務の小酒井満作である。——彼らと村瀬は、今まで三時間あまり殺気をはらんだ会談を月島ビルの七階でつづけていたのであった。

「こちらとしては、金が目的やない、はっきりいうて、大洋製紙をわが手に握りたい、これや！」

と米花製紙の専務小酒井は、最後にいたってこのように強硬な言葉を吐いたのであった。

村瀬は、大洋製紙会社代表として、彼らが買占めている大洋製紙、百三十万株、譲渡の交渉におもむいたのである。つまり、長年のライバルであった米花製紙の社長、米花は、ようやく気運が来たとばかり、有力な資産家の後援を得て、二、三ヶ月あまり前からジワジワと大洋製紙の実株を買いあさりはじめ、乗っとりを策し出したのだ。そのはっきりとした情報が入ったので、村瀬は彼らに会談を申しこんだのである。

米花社長は、村瀬に対し、いかにも軽蔑《けいべつ》を含んだ微笑で応答し、狡猾そうな口を歪めて、大洋製紙の事業の不振、借財の問題など、真綿で首をしめるように大洋製紙代表を難じるのである。

「そら、お宅らの会社は先祖からまもりつづけてはる大事な城やということは、よう知ってまっせ、そやけど、経営はだんだん下り坂にある。借財はふえる、それに今の経営者の手では、どだい再建は無理や、この際、米花製紙に合併するのが一番ええことやと思う。そら、お宅らには気の毒なことやと思いまっけど、個人の没落なんぞに気ィ使うとったら、実業家の資格はおまへんさかいな、百三十万株、譲りわたして欲しいのやったら、一株五百円で引き取りなはれ、いや、五百円出してもろてもあかん、こちらの方針はかわらんのやさかい、市場で堂々勝負して来なはれ」

と米花国之進はいうのであった。

大洋製紙四百万株数のうち、米花製紙一派は百三十万を手中におさめているのである。なおもバックの資産家筋と共謀し、浮動株を買い拾い全株数の三分の二を集め、会社の乗っ取りを策すつもりなのだ。会談は決裂した。ぐずぐずしてはおられない、市場で争って来なはれ、という敵の宣戦布告に応じなくてはならなくなったのである——

「負けられん」

吐き出すように村瀬が独り言をいったので、えっ、と京子は彼の顔を見た。

「いや、なんでもないんだ」

「何だか顔色が悪いようですわ」

もうホテルの方へ帰りましょうか、と京子は不安げに村瀬の顔を見た。

「いや、あんたも、久しぶりで兄さんに逢ったんじゃないか、どこか面白いところへいっしょに遊びに行こうよ、それに今日はクリスマスイブじゃないか」

一日、千万円の札束が飛ぶという宗右衛門町のキャバレーメトロへ車を乗りつけた。

円形型の大フロアの、周囲何百の赤提灯、色とりどりのドレスを着た二千人以上のダンサーがかもし出す柔軟な雰囲気、赤、青、黄、のスポットライトは、せわしく無数のボックスからボックスへ走り、フルメンバーの楽団がゴーと地鳴りのような音響を出して、一種の弛緩《しかん》が何千の人の上を襲っていく。

クリスマスシーズン特別ショウというわけで、フロアの中央のセリを囲んだ豪華なレビューがはじまり、メトロ宣伝用パンフレットにもある通り、この東洋一の大キャバレーは熱狂と興奮の坩堝《るつぼ》と化したわけだが、村瀬は一向に浮かぬ顔つきで、ただ京子と耕平のサービスをしているといったふうであった。女給、ダンサーに注がれるビールを酸っぱい顔をして飲み、やはり思いは会社の興亡戦にかかっているようである。

メトロを出てから、三人は心斎橋筋の高級酒場を飲み歩いた。すると、かなり酩酊して来た村瀬は、京子がいくら帰ろうといっても、いいじゃないかクリスマスじゃないか、と耕平の手を取って離さず、もう一軒行こう、どこか案内してくれ、と子供が駄々をこねるようにいい出すのである。

耕平は、すっかり、いい気分になっていた。酔っぱらいに突き当るごとに、メリークリスマスといって、相手としつこく頭を下げ合い、また村瀬の手をとって元気よく歩いていたが、やっと目的の場所を見つけて、こっち、こっち、と村瀬の手をひっぱった。酒場「フロリダ」である。

「あら、お久しぶり」

朱美は、目のさめるようなホワイトイエローのドレスを着、みどりは、豪華な黒ばら模様のアフタヌーンを着ている。

こんなもん作らんならんさかいクリスマスはかえって損や、などといいながら、彼女達は三人を奥のフロアへ坐らせた。

クリスマスだけに、日頃は高級な客だけが静かに飲むこの酒場も、明るく騒々しかった。サラリーマン達が凹字形に装置された黒樫《くろがし》のカウンターの上へコップの底を音さしておき、客達の間のスタンドに坐る女給をからかったり、友人同士大声で笑い合ったり、コメットをクリスマスツリーにむかってパーンといわしたりしている。

「ね、もうお召上りにならない方がいいわ」

村瀬の横に坐る京子は、運ばれて来たビールを苦しそうにして無理に飲んでいる彼を心配げに見ていうのであった。

「何か、今日の会議で、面白くないことがあったのじゃありません?」

「いや、そんなこと、あるものか」

村瀬は、ハッと首をあげて京子にいった。

「今日の結果は、もう会社へ電報打ったんだし、ナーニこれからだ、戦いはこれからだよ、物質の原則にたつ大阪人と感情の原則にたつ東京人の戦いがはじまるんだ、愉快じゃないか、え、愉快じゃないか」

そして、村瀬は、さき程から眼をパチパチさせてこちらを見ている耕平のコップにビールを注いでやり、

「なあ、耕平君、しっかりやろうじゃないか、人生、意気に感ずだ」

と酒飲み特有のうるさい調子で、やろうじゃないか、頼むぜ、本当だよ、と耕平の手を握るのである。

何をやるのか、がんばるのか、耕平は皆目見当がつかず、

「大阪人と東京人の戦いとは何のことですか」

と、酔いにいささか朦朧《もうろう》としてきた眼をこすりながらいった。

「要するにだね――いや、よそう、壁に耳あり障子に目あり――」

村瀬はニヤリとして卓の上のビールを隣の朱美のコップに注いだ。

「固くるしい話止めて、クリスマスらしゅう騒ぎまひょ」

朱美は、無意味に手をパチパチたたいた。

耕平の横に坐っていたみどりは、

「そうそう、ニューフェイス一人紹介しまひょか」

と今しがたスタンドの客を表口まで送って帰って来た一人の女給を手招きした。

ふとその女給の方へ首を向けた耕平は、アッと小さく声を立てた。町子なのである。

町子も狼狽して、その場に立止った。

「まあ、鳥井さんでしたの」

「なんだ、君、こんなところへつとめてたのか」

耕平は、驚いた形を少し誇張して見せ、

「ここにいたのか、そうか、ここだったのか」

とくりかえし、「まあ坐れよ」と横の席を少しあけるのであった。

朱美とみどりは、

「なーんや、あんたら、知り合いかいな、よういわんわ」と二人で顔を見合わす。

「なかなか、耕平君は、顔が広いんだね、ほう、美人じゃないか」

村瀬は耕平の横に坐った町子を見ながら愉快そうにいった。

「株屋さんの娘さんです」

と耕平は村瀬にそう彼女を紹介するのであった。そして、

「女ってものは仕事にだけは不自由しないもんだね、便利に出来ている」

そんなふうにいわれた彼女は、どんなふうに感じとるか、意地悪く耕平は観察しようとしたのである。この女は大崎の金の力にすがろうとする種の女だと自分にいい聞かせ

つつ、彼女とはこの数日のうちに永遠にわかれることになるであろうという一種の気楽さと、そのなかに、ほろ苦く残る未練といったものが、そうした嫌味となって口に出てしまうのであった。

彼女の妙にとりすました落着き方に、ふとしらじらしいものを受取り、酔いの勢にのってぶつけたともいえる。

「こら、女性を侮辱するとたたりがこわいぞ」

と朱美はあけすけに笑い、みどりは、さのさ節の替え唄で、

〽うちかてもね、好きで酒場の女給してんのとちがいますのんどっせ――あちらにおいやすあの人が――

と、どうしたわけか急に爪をかんで何かを考えはじめた村瀬を指さして唄った。

株屋の娘、と耕平がいったことから、村瀬は北浜の株式街の今日の出来高をふと考えはじめたのである。北浜仲買店、福富証券がこの一週間ばかり前から大きく大洋製紙を買いはじめているのである。その買い方は熱心で底力があるのだ。福富証券の客筋は一体だれか――米花一派は、徳田証券からこつこつ買いはじめているという情報は前々から入っている。もう敵は、市価を煽《あお》ることをも恐れず、手分けして急激な方法を取り出したのであろうか、それとも、福富証券の方は、利喰い目的の資産家筋が根城にしているのであろうか、こういう種の買い手があらわれることが一番恐ろしい。利喰い目的の

買占なら株価昂騰《こうとう》で売り抜ければ目的が達せられるのであるが、原株を引取ろうとする者には、迷惑この上もない。マバラ連の提灯に火がつくことをおそれて、攻撃側も防御側も、一切、機密に戦いを起すのが常であるが、——一体、福富証券の黒幕は——そこで、村瀬が爪をかみ出したのである。

〽うちかて、辛いけんど、辛抱してまんのどっせ

と、みどりのサノサ節が終り、

「社長はん、手ぐらいたたいてくれはったらどうどすえ」

とつつかれて、ハッと村瀬はわれにかえり、煙草を口にくわえて、目を細め、みどりに拍手をするのであった。

「大崎さんとその後、逢うかい」

ニヤニヤしながら、耕平は町子にむかっている。

「全然——」

逢ってません、と首を振りながら、町子は耕平のコップへビールを注ぐのであった。

「ちょっと、ちょっと、大崎さんて、お町さん、あんた大崎さん、知ってるのかいな」

朱美とみどりは、あわてたように町子の顔を見た。

「知ってるどころじゃないよ、彼女は」と耕平に聞かされ、

「よういわんわ」とふたたび、朱美とみどりは顔を見合わせるのであった。

「一体、全体、大崎さんは今、何してはりますねん。近頃ちょっともここへは寄りつかはらしまへんのや」

とみどりがいうと、耕平はビールをカチンと音をさせて卓におき、

「女に性が悪い罰でね、ジャンジャン市場に沈没しちまったんだ。君達二人のことも、僕は知ってるよ、大崎さんからつねに聞かされていたんだ」

と、半分は町子に聞かして、耕平は大声でいうのであった。

朱美とみどりは、持って行き場がないというような奇妙な表情を一瞬したが、すぐ、朱美が、

「鳥井さん、前ここへ大崎さんと来やはったときにくらべると、えろう線が太うなりはりましたな」

と、ふと嘲笑的な笑みを口もとに浮かべた。

木賃宿では、三畳ばかりの部屋に二人ないし三人が相部屋するのである。流しの遊芸人、渡り大工、ニコヨン、テキ屋、辻占《つじうら》売り、などが行きずりに一夜の宿を求め、ほとんどすれすれに体を近づけ合って眠り、明くれば、それぞれ、しがない稼業に出かけて行くのだ。

恭太郎は、もうこの木賃宿に十日間の長逗留《ながとうりゅう》をしている。事情が好転すれば、万金を

投げ出して豪遊する男だが、一か八かの仕事に突進している場合は、一切のぜいたくを断つというのが彼の信条であるだけに、勝江が、自分の邸《やしき》の一部屋を貸してやってもよいというのも断ったのである。まさか、木賃宿に住むとは勝江にいえないから、友人宅に厄介になるのだとごまかしたのであるが、気兼ね、気づまりを極度に恭太郎は嫌う性だから、何の遠慮もいらぬ木賃宿をえらんだのであった。そして、大洋製紙に関する連絡などは、公衆電話で勝江の邸、または会社へするのである。

大洋製紙、買占の利喰いで得る利益は、勝江が六分、恭太郎が四分ということに、やはり、こういう問題になると、どちらも負けずに主張しあったのであるが、奔走するのは恭太郎であっても、やはり金の力が強く、ようやくこの線に決着したのである。難波の下宿の敷金、それに家財道具一切を売却して得た恭太郎の所持金もほとんど大洋製紙の株に化けていた。残ったわずかの金で、彼は宿賃を払い、飯を食い、焼酎《しょうちゅう》を飲むのだ。だが、気持は豊かであった。北浜の仲買店、福富証券を根城とし、戦いの矢を放ったのであるから。とにかく、わずかの日数に、大洋製紙、八万株の買建をしたのであるから。

「あんた、毎夜、帰ってくると、図表に赤線青線をひっぱってはるけど、そら何だんねん」

恭太郎は薄穢い三畳の部屋に、やはり長逗留組の手相見と似顔絵描き二人と相部屋をしている。店じまいして帰って来た手相見は、せんべい布団から首を出して大洋製紙の罫線を描いている恭太郎をいつもながら不審そうに見ていうのであった。

「赤線、青線で思い出しましたけど、お宅ら若い人はあれがないようになったさかい弱りまっしゃろ」

年とった手相見はヒヒヒと笛のような笑い声を立てていうのであった。

恭太郎は、罫線を布団の中へさしこむと、

「おっさん、近頃の商売どないや」と笑いかけた。

「さっぱりだすわ、わても年が年やさかい、こう寒うなったら、根気がつづきまへんねん」

小さな窓を通して小雪がちらちら降っているのが見えた。恭太郎は布団から出て、寝巻姿の上にオーバーを着、窓の外をのぞいた。

ぎっしりつまった大衆食堂、大衆酒場、そして安手な連れこみ旅館の表口にも、すでに新春の飾物などが見える。

ああ、今日は二十五日か、恭太郎は、ちょっと舌を出したい気持になった。今年のクリスマスは最低だったが、おのれ、来年のクリスマスにはドンチャカ騒ぎの豪遊をやってこましたるぞ、とニヤニヤして外の景色を眺めていると、手相見の老人が、

「今夜、金のあるやつは、キャバレーたらいうとこで派手に遊んでけつかりますのやろな、外国の宗教に、なんで日本人があないに騒がんなりまへんのやろ」

恭太郎は、振りかえって、

「おっさん、俺らも、ちょっと、クリスマスやりにいこか」

「えっ、御馳走して下はりまんのか」

老人は、眼をパチクリして恭太郎を見上げた。

「俺の手相見てくれ、当っとったら、なんぞおごったる」

恭太郎がニヤニヤしながらいうと、老人は、ヘエ、ヘエ、と恐縮しながら恭太郎の左手をとり、懐から天眼鏡をとり出した。それを狸寝入《たぬきねい》りして薄目で眺めていた端の寝床の似顔絵描きがむくむくと起き出し、

「わて、お宅の似顔、描かしてもろてもよろしおまっか」

といい、早速、商売道具の鞄の中から、画用紙を取り出したが、その途端、オッ、と手相見の老人は声をたてて、恭太郎の左手に顔を近づけ、フーンと感心したように首をゆらゆら揺り動かし、「こら、大したもんだっせ」

恭太郎は、ふき出した。一杯飲ますというとあまりにも現金になりだす、こうした木賃宿に巣喰う人々がおかしくてならないのだ。

似顔絵描きは、この方の耳、えらいええ形してはりまんな、と手相見に持ちかけながら、せかせかと画用紙の上へ恭太郎の横顔を熱心に描きつづけているのである。

「こら出世しはる。大したもんでっせ、運気は来年や」

「へえ——来年か、うん、そら当ってるかも知れん」

そう恭太郎にいわれて手相見は、嬉しそうな顔をし、

「こら冗談やおまへんぜ、失礼やけどお宅はこんな木賃宿へ巣喰うような人間やない、えらい出世しやはりまっせ、その時、今日予言したわてのこと、いっぺん思いだしたっておくれやす」

そして、手相見が、つまり、この線がでんな、と手相の解説に入ろうとした時、

「お客さんだっせ」

宿の主人が、破れ放題の襖を開けて、首を出した。

宿の主人がひき下ったそのあとに、町子が立っていた。恭太郎はびっくりした。

「ど、どうしてここを——」

「鳥井さんが、大崎さんはジャンジャン市場の近くやと教えてくれはったさかい——うち人を見つけるの上手やねん」

——恭太郎に町子、それに手相見、似顔絵描きの四人は、突貫酒場とかモグラ食堂とかいう給仕の小女が大声で客の注文品を運ぶ大衆的な店を飲み歩き、かなり酔っ払った。

〽ジングルベル・ジングルベル・ジングルベル——あとの歌詞を忘れたので皆、ジングルベルを何度もくりかえしながら、せせこましい街をねり歩いた。

そして、また赤い提灯に縄のれんといった店へ、どかどかとなだれこむように入って

行き、賑々《にぎにぎ》しく飲み始めるのであった。

「来年、来年ぐらいからだっせ、お宅が大きくのし上らはるのは、大穴、大穴を一発当ててておくれやす」

手相見の老人は、酔っ払いすぎて椅子から転げ落ちそうになっているのに、白木のカウンターを両手でおさえ、吠《ほ》えるようにいうのであった。

「なに、大穴」

手相見が大穴といったので、恭太郎は満足げにうなずき、

「おい、姐《ねえ》ちゃん、このおっさんにどんどん飲ましたってくれ」

と給仕女にいい、「手相屋のおっさん、えらい嬉しいこと、いうてくれるやないか」と女社長のくせを真似て、ドカンと背中をたたくと、手相見はガタンと椅子から転げ落ち、似顔絵描きがあわててひき起しにかかった。

町子は、額に乱れてくるウエーブのかかった長い髪の毛を手ではらい、熱くなった頬を両手でおさえている。

「そうか、お町さんは、フロリダにつとめとるんか、あそこは以前、俺、よう行ったとこやぜ」

恭太郎は町子の口のあたりについているものを指でとってやりながらいった。

「それはよう知っています。昨日、鳥井さんが来て、それで、大崎さんがこのあたりに

いやはることを聞いたんやけど——大分、大崎さんの以前の事を聞かされました」

「鳥井の奴、フロリダへ遊びに行きよったんか、へエー、景気がええのやなあ、それで、一体、俺の以前のことて、どんなことをいいよったんや」

「いいとうない、口ではいえんことや」

「ああ、わかった、フロリダの朱美とみどりのことやろ、しょうもないこと、いう奴や」

恭太郎は舌を出しただけで、別に大して、気にもしてないようである。

「それで君、今日はお店の方、どうしたんや、クリスマスで忙しいのと違うんか?」

「うち、もうあそこやめた、気分悪いさかい」

町子はそういって、ちょっと気分を悪くしたこと位で、簡単につとめたばかりの店を飛び出してしまう自分に腹がたち、口惜しそうに自分の髪の毛を手で引っぱるのであった。生活不能者の父親、幼い弟妹達がひしめいている狭い家庭のことを考えると、そんなぜいたくなことをくりかえしてはいられぬのだと自分が情なくなる。

「君も、気の短い女やなあ」

「自分でもようわかってるのやけど、しょうがないねん」

町子は、銚子を取って、恭太郎の横で、へべれけにのびてしまっている手相見の介抱をしている似顔絵描きの盃を満たした。

「鳥井さん、昨日、妹さんといっしょに来やはったわ、和服の似あうきれいな人やったわ」

「妹と——妹と二人だけで来たんか」

「三十二、三の会社の社長さんみたいな人といっしょやったわ、どこの会社か知らんけど——」

「何か、変った話、してなかったか」

恭太郎の充血した眼は、急にギラギラ光り出したようである。

「何の意味か知らんけど、これから決戦やとか背水の陣やとか、いうてはったようやけど」

「サンキュー」

と恭太郎はハリのある大きな声でいい、さっと立上ると店の帳場へ電話をかけに行った。

「あー、もしもし、花岸さんのお宅でっか、夜分、恐れいりますけど、奥さんを——あなんや、奥さんでっかいな、カッカッカッ」

(何がおかしいねん)と受話器の中の勝江の太い声は、キャラキャラ笑い出した。

「メリークリスマス」と恭太郎はいい、

「あのね、おばはん、いや、奥さん、ちょっと酒が入りすぎて、舌がはっきり廻りまへんのやけど、ああ、もしもし、クリスマス、プレゼントですわ、いよいよ、米花製紙の買占買いは、はっきりしましたぜ、この機を逃がしたらあかん、大納会まであと三日、会社の一つや二つたたき売って大洋製紙に追撃をかけて下さい」

（ドントコイ、ドントコイ）

勝江も酔っ払っているようである。

（こっちも、おもろいニュースがあるのや、あの靴の紐屋がな借金に困りよってな、株券の肩がわりをわてとこへ頼みに来よったんや、あんた、その株、何と思う、大洋製紙の二万株やないかいな、あの靴の紐屋、米花一派の一人に頼まれて大洋を買いよったらしいのやけど、これでやっぱり大洋製紙の買占がはっきりして来たやないか、わて、時価で靴の紐屋から譲り受けることにした、ええ調子や）

「ドントコイ、ドントコイ」

恭太郎は、性の悪い安酒のため、ズキンズキンと痛む頭を手でもみながら、受話器の中へどなった。

（あんた、何処で飲んでるのや、えらい景気よう遊んでるらしいな）

「ああ、今、社交界の大物達とメトロで豪遊しとりまんねん」

（へエーそら結構やなあ、そやけど、あまりハメをはずした豪遊したらあかんよ、わては金曜日会の連中と家の中でつつましく一杯飲んどりまんねん、すべて、勝利の日まで、

ウイー）

「勝利の日まで――」

といって、恭太郎はガチャンと電話を切り、これも、ウイーとしゃっくりをした。

明けて、正月の四日、花岸勝江は、再三、恭太郎と協議を重ねた上、すみれ化粧品会社、さくら鉛筆会社の二つの社宅を担保に関西銀行を金穴とし大胆不敵な大洋製紙株買占にかかった。

北浜の福富証券を根城に、六日間の休会が開けた正月御祝儀立会から、勝江自身、ピカピカ眼を射るような金糸銀糸の唐織お召に藤鼠色の羽織、銀狐の襟巻をふかぶかと首にまき、黒い伊達《だて》眼鏡をかけて堂々と乗りこんで来たのである。

彼女の横に立って、売上出来値表を見上げる背の低い小肥りの男は、もちろん、恭太郎だが、ラグランのダブルのオーヴァに淡黄色の小格子縞をすらりと着こなし、数日前まで、新世界の木賃宿にごろんごろんしていた男とは、どうしても見えない。

十二月の納会前には、二百十円台であった大洋製紙株は、このけばけばしい身なりの勝江が北浜に登場してから、漸次高騰しはじめた感がある。

一月の中旬には、二百五十円台にのぼり、二月に入れば三百円の高値、二月下旬には三百五十円台という新高値を呼んだ。

あわてるのは、大洋製紙実権を握ろうとする米花国之進である。福富証券の客筋は一体何者で、何の目的で強引な買いに出るのであろうと、秘かに探りはじめるのであった。もう、ぐずぐずはしていられない、気長にあせらず時期を見計らってボチボチ買って出るというような、悠長なことはしていられなくなった。ひょっとすると、大洋製紙一派が、大きな金穴を得て、いわば急激な防戦買に出たとも考えられるのだ。

とにかく、市価が次第に高まっていくのにゆうゆうと構えてはおられぬ、この思いは、大洋製紙側にしても同じであろう。両者は、定石をはずして急激な方法をとりだした。俄然、相場は暴騰の気配を見せはじめたのである。

米花、大洋が急激な買方針をとると、三百五十円台であった株価は、四百円台を突破した。だが、値段が高いために売りやすく、売り方は四方八方からの総攻撃を徳田、福富両証券会社へむけはじめる。

東京の大洋製紙は全生命を賭《と》しての防戦買である。まんじ巴《ともえ》になった買占戦の渦巻は、ますます大きくなってついに四百五十円台を突破、ただでは済まぬ形勢となって来た。

米花社長は、皇国の興廃、この一戦にあり、などと側近の重役連に訓示し持前の頑固と意地で名古屋、東京にまで手をのばし、あらん限りの原株を買占にかかる。例によって、マバラ連の提灯に火がつく。しかも、市場は空売りが出来るところから、かならずしも原株を持たないで売っている。値段につられて売りむかう者も多いのだ。取引所は、証拠金の引上げを幾度もおこない、市場はまったく興奮のるつぼと化した。

「どんなもんじゃい」

相変らず、証券会社のベンチの間を右往左往する順吉は、踊り出さんばかりにはしゃいで周囲の人々にどなるのであった。

今日も朝の寄付きに、四百六十円台で始まった大洋製紙は、前場大引けでは、四百九十円、後場の寄付きにまたもや強張って、五百円丁度、五百十円、五百二十円と、天井知らずの高値をつけていくのだ。

ドンと背中をたたかれて、順吉が振り返ると、

「カッカッカッ」

恭太郎であった。

「ああ、大崎さん」

順吉は、恭太郎の顔を見ると、いきなり、

「バンザイ」といって、彼に飛びつき、ポロポロ涙をこぼすのである。

「大穴や、大穴や」

と興奮の止まらない順吉を恭太郎は、あやすようにして外へ連れ出し、

「順さん、大穴はまだまだ、これからやぜ」

と、いいながら、近くのうどん屋に入った。

「大崎さん、やっぱり、あんたはえらい、わいは最初から、あんたはただもんやないと思うとりました。これから、わいをどうぞ弟子にしとくなはれ」

「何いうてんねん」と恭太郎は、ニヤニヤしながら、給仕女に天丼を注文し、そして、オーヴァの内懐から新聞紙の包みをとり出した。

「順さん、これ、とっとけ」

ポンと前におかれた新聞包みを順吉が開けて見ると、十万円の札束であった。

「こ、こら何でんねん」

順吉は、びっくりした顔を恭太郎にむける。

「俺が、儲けることが出来たんも順さんのおかげや、まあ、遠慮せんととっときいな」

「何ちゅうこといわはりまんねん、わいは、こんなもの……」

もらう筋合いがないというのを恭太郎は、まあまあ、と制しながら、

「花岸勝江という女豪傑をあんたに紹介してもろたから、どうやら俺も一発穴を当てられそうになってきたんや、俺が儲けるのは、これからやぜ、この金は少しは小遣いもいるさかい俺の持株をほんのちょっとだけ利喰いしたもんや、順さん、あの勝江という女豪傑、どれ程、買占めたか順さん、想像つくか」

「さあ――」と順吉は、首をひねり、

「大きくみて十万位でっか」

恭太郎は、ニヤニヤしながら、

「九十万や」

えっ、といって、順吉は飛びあがるように立ちあがった。そして、

「人をからかいなはんな」

と、手を振りながら、椅子に坐り直す。勝江の持っている会社、土地、自宅など、ことごとく担保に入れても、それだけの株が集まるものではない。また、利喰売りが目的なら、最初に思い切って買いこんだ株をじっと持ち株価の高騰をぎりぎりまで待って売り抜ければいいのである。これ程、高騰しているのにまだまだ無理な借金、つまり、買った株券を担保に金を借りて、また株を買い、その株を担保にして借金した金でまた株を買う、という強引な昔の相場師のような突進ぶりは、ふと、狂気めいていないかと順吉は考えるのである。米花製紙が買占にかかっているとはいえ、いわば、それはニュースでもあり、米花社長の腹の底まではわからぬ、もし、乗っとりをあきらめて、彼らがいっせいに利喰いを狙って投げ出し始めれば、大きな反動安で、花岸勝江は潰滅《かいめつ》することになってしまう。

「ちょっと、強引過ぎまんな」

と、順吉は肌に粟《あわ》の生ずる思いで、首をかしげ、

「わいは、このへんが、ええ売り抜け場やと思いまっけどな」

といった。

「ここが一番、男勝負やないか、順さん」

　と恭太郎は、娯《たの》しそうにいい、

「米花の方も、必死やぜ、傑作なことがあるんや、近頃、米花の金穴やがな、この暴騰に肝つぶして、ついに米花の担保株を売ってけつかんのや、それをまた、米花やうちの女豪傑が買うてな、けったいなことになっとる、戦争もこないなるとほんまにおもろいもんやぜ」

　米花一派の金穴の一つは、秋元金融だが、買占で不当に騰貴した株は、かならず暴落する歴史を知っている気弱な秋元金融の社長は、うろたえて担保株を遠慮会釈もなく、ドンドン売り払い出し今、米花側はそれがわかって大もめの最中だということである。

　乗っ取り側でも無尽蔵な金庫を持っているわけではない。やはり買った株を担保に入れてはつぎの軍資金を調達するといった苦しいやりくり状態にあるのである。

「さあ、順さん、おれ、いまから一仕事やさかいここでわかれるわ、これから、銀行まわりやねん、ここ一番、ボカンと大穴を当てて、ちっとは名売ってみせるさかい、見ててくれ、家の一軒ぐらい、建てたるぜ」

　といって、恭太郎は立ちあがった。

「頼りにしてまっせ、大崎はん、そやけど、あの花岸のおばはんも、大した女でんな、こうまで大きく勝負しよるとは思いまへんでした。つまり、何でんな、大崎さんは、あの女傑と組んで、駆引、度胸、金力、三拍子揃うたわけや、コンビというもんは大事なもんでんな」

と、そこに三拍子に恵まれぬ自分はくわわることの出来ぬといった、いささかの淋しさを含ませて、順吉はいうのであった。

「それで、大崎はん、今、どこに住んだはりまんねん、うちの娘が、えらいけったいなとこ住んではるというてましたけど――」

「ああ、木賃宿は、もう引越して、今は、もとの難波の下宿にいるんや、おかげさんで、とにかく古巣にだけは舞いもどることが出来た、一ぺん遊びに来てんか」

といった。順吉は、

「へエーおおきに、それで鳥井さんは、その後、どないしてはりまんねん」

「就職しに東京へ帰ったらしいのやが――あいつ、どないしとるのんやろ」

恭太郎はちょっと眉を曇らせるのである。

青葉の庭に面した応接室にマホガニイのテーブルをはさんで勝江は、米花製紙社長、米花国之進、専務小酒井満作と向かい合っている。

三月も終りに近づいているのだが、大洋製紙株価はますます奔騰しつづけ、株式市場は大混乱に陥っているが、株価を急騰させる黒幕の一人、花岸勝江宅では、日一日と暖かくなる庭の芝生から湯気があがり、桃や椿《つばき》が蕾《つぼみ》をふくらませるのどかな春日和なのであった。

「ええ時候になりましたな」

などといいながら、勝江は前の相手を無視したようにじっと庭の滝を眺めている。

米花国之進は、これが大洋製紙株、九十万を買って市場を混乱させ、こちらを周章狼狽させた女豪傑かと、ふといまいましい気持になって、勝江の眺める庭へ、同じように視線を向けているのだが、専務の小酒井は、さき程から、途切れ途切れではあるが、勝江に対し、用件を並べたてているのである。

「大洋製紙はでんな、製紙界のガンになっとります。こいつを解決させんことには、大洋製紙自体はもちろんのこと、債権者も、株主も、どうにもこうにも立つ瀬がおまへん」

つまり、勝江が手中におさめている大洋製紙株の譲り渡しを迫っているのである。

今、米花社長としては、現在、手もとに、百八十五万株の大洋株を持っている。だが、これでは全体の過半数にはならない。乗っとり側としては三分の二の株式を取得しないことには、定款の改正、重役刷新などが出来ないから、ぜひ、九十万株を譲り受けたいというのだ。

勝江は、ニヤニヤして庭の方へ眼をやっていた。じつは、内心、ほっとした気持だったのである。こういうふうに彼らが実株譲渡の談合をしに来ることを期待しての強引な買い方針をとったのだからだ。もし、彼らが会社の実権獲得を放棄し、実株を高値でどんどん投げ出したりしたならば勝江としたらまったくの潰滅に陥るところであったのである。それに、米花が談合を申し入れて来たのとほとんど同時に大洋製紙側からも、実株譲渡の交渉を申しこんできている。勝江が、さき程から、ニヤニヤしている原因はこういうところにあったのである。乗るかそるかの大バクチはついに成功したようだ。あくまでも会社を乗っ取ろう、あくまでも乗っとられまい、と戦う米花側と大洋側のファイトに、勝江は心から拍手を送り、毎度、おおきにと頭を下げたい気持であった。

だが、ここでうかつに米花側に対し、返事は出来ない。今、恭太郎は、南、宗右衛門町の待合『滝川』において大洋製紙側の側近と株の単価の交渉に入っているからだ。一円でも高い方へ売りつけなければならない。その恭太郎からの連絡を勝江は待っているのであった。血の出るように苦心して買ったこの実株を米花側に渡すか大洋側に渡すか、すべて単価の問題にかかっている。

「ずばりというて、いくら出しなはる」

勝江は、口の中でブツブツぼやくようにしゃべりつづける小酒井専務に根負けしたように口を開いた。勝江は挑みかかるような眼つきで米花社長を、そして専務をにらむのである。何のかけひきも許さぬといったそのはげしい勝江の表情に、米花製紙の代表者二人は、ふと寒気をおぼえて、顔を見合わすのであった。

「――五百八十円」

小酒井専務は椅子からちょっと尻をあげるようにしていった。

時価の五百五十円より三十円プレミアをつけようというのである。

「阿呆くさ」

勝江は吐き出すようにいって、そっぽを向いた。市場へ買いに行きなはれ、買う程に、あさる程に、相場はやがて六百、七百とうなぎのぼりをするんやから、といいたげな、しらじらしい勝江の顔つきに、思わず、

「――六百円、六百円や、これ以上は出せん、重役連中と協議してきまった最高の単価や、これ以上は絶対、アカン」

と今度は米花社長が腹に力を入れて、どなるようにいうのであった。

「阿呆くさ」

勝江はふたたび、そっぽを向いた。

――一方、恭太郎の方も、吐き出すように、

「阿呆くさ」

といって、わざとらしい大きなのびをしていた。

宗右衛門町の待合『滝川』の奥の十畳である。

大洋製紙株式会社、村瀬専務をはじめ、五、六人の代表者の殺気だった眼にとり囲まれている恭太郎は、五百六十五円、と切り出した彼らにまったくお話にならぬといった顔つきを見せて、退屈そうに体をもたもた動かしているのである。

――何という傲慢《ごうまん》な男――大洋製紙会社代表は、五人の相手を眼の前に悠々として頑固一徹を通す恭太郎の態度が小憎らしくなり、いらいらと燃える眼を一せいに彼に浴せるのだが、彼は仮面をかぶったような冷静さで、代表団を呑んでかかっている。

女相場師、花岸勝江と呼応し、北浜を沸かす黒幕として、新聞にも出た大崎恭太郎という人物の、あまりの若さに、村瀬はおどろいたのであるが、この男の泰然とした落着き方に、ふと威圧さえ感じてしまったのである。

「六百五十円やったら、手、打ちまひょ」

いきなり、恭太郎は、切り出した。

「そら、お宅らが会社のことを思わはる気持はようわかります。そやけど、こっちも、乗るか、そるかの大バクチを打ったんでっさかい、それだけの代償は支払うてもらいたいんですわ、算盤に生きるのが大阪商人の常でっさかいな」

「そ、そりゃ無茶じゃないですか、いくら、算盤に生きる大阪商人でも、程度ということがありますよ、人の足もとにつけこむなんてそりゃひどい、まったくひどい、今、時価、五百五十円なんですよ、それを六百五十円なんて、ね、もう少し、筋の通った話をしようじゃありませんか」

村瀬は、青ざめた顔を硬化さし、興奮し出した。

この大崎恭太郎と、花岸勝江の集めた九十万株が、米花側へ行けば、万事休す、である。いわば、大洋製紙の死活決定権をこの二人は握っているのだ。これが最後の決戦だと、村瀬はかたく唇をかんだ。米花国之進がごとき狸親父に歴史ある大洋製紙の全権を握られてたまるか——決死隊の覚悟で来たものの、大崎というこの青年実業家は、ガンとして、単価六百五十円を曲げようとしないのである。それだけの金が都合つくものなら、この際、かけひきなしに投げ出す危急の時だが、現在、さかだちをしても、ぎりぎり五百六十五円以上は出ない状態にある。

「お願いだ！　大崎さん」

村瀬は、ついに畳に両手をつき涙を流して頼むのであった。

「ああ、かなん、かなん、おれは泣き落しに弱いんや」

と恭太郎は、さっと立ちあがり、

「おれ、向こうの離れで、遊んでるさかい、皆さんよく御相談の上、結果だけ知らせに来とくなはれ」

大崎が立去ると、周囲から、サアーッと水っぽい屈辱の風が吹きつけて来たような気分で、ある者は、畜生、畜生と恭太郎を呪《のろ》い、ある者は畳に両手をついたままでいる村瀬の横へ坐って、すすり泣くのであった。

「ああ、金が欲しい」

村瀬は歯を嚙みならし、うめくようにいった。

その時、襖が開いて入って来た紺の背広に大洋製紙のバッチをつけた若い社員は、鳥井耕平である。

「今、大阪へ着いて、すぐここへかけつけたのですが」

と息せききっている。東京の本社から、村瀬達一行を追って来たのだ。

「大崎、大崎に逢わせて下さい」

大洋製紙使者団は、眼をパチパチさせてこの若い新入社員を見上げるのである。なんだこいつ、といわんばかりに彼をにらみつけている者もいる。

大崎、と耕平が今の若い相場師を呼びすてに呼んでいるのに、村瀬は、ハッとしたように首をあげた。

「君、君は大崎恭太郎を知っているのか」

いつか、耕平がどこかの酒場で、大崎という名の友人のことを話題にしていたのを稲妻のように村瀬は思い出した。彼が語っていた大崎というのは、大崎恭太郎のことだったのかと藁《わら》でもつかみたい心境の村瀬は眼を輝かした。

「新聞を見てはじめて気がついたんです。大崎恭太郎と僕とは、つい二、三ヶ月以前にまでいっしょに仕事をしていました。当時、彼の面倒をよく見てやりましたから、僕のいうことなら、大崎も少しは聞いてくれることだと思います」

と耕平は緊張した面持で、凜然《りんぜん》といい放った。

——恭太郎は離れの六畳で、二枚折の屛風を背に、会談の終るのを待機していた二人の芸者を呼んで、のんびりと酒を飲んでいた。

「なんやむつかしそうな会議でんねんな、さっき、ちょっと廊下を通ったら、誰か泣いてはるようでしたけど……」

富士額の顔の長い芸者が右のたもとの袖をおさえて恭太郎に酌をする。

「ああ、あれか、あれは、俺が泣かしたったんや」

と、恭太郎は愉快そうにいい、両脇の芸者の背中を両手で支え、

「両手に女、懐に金、うしろに柱……」

といって、カッカッカッと笑った。

「何でんの、それ」

小柄な芸妓《げいぎ》は、そっとうしろに手をやって帯の形を直しながらいう。

「男の、一番幸福な理想図というたら、それやろと思うんや、両手に女、懐に……もうじき懐にゴソッと金が入るぜ、ほんなら、ちょっと浮気してくれへんか」

「なんぼ程、入りまんの、値によりけりや」

といって、芸者二人は、キキキ、キャキャキャと笑った。

「値によりけりか、成程、ほんなら、いっぺん相談してみよ、おい、ちょっと電話とってくれ」

芸者の一人は立ちあがり、床の間の電話を卓の上へ乗せた。恭太郎は、勝江の宅へ電話するのである。

「ああ、花岸のおばはんでっか、どないだす」

(そっちこそ、どないや)

勝江の声は、はずんでいる。

「あかん、大洋の方の金穴は、底が浅すぎる。泣き落しにかかりよるねん」

(ほうか、貧乏人の相手にはならん方がええよ、うちとこは六百五円まで来た。あの米花ちゅう男も、けちな男でっせ、三時間もかかって、やっと五円あげよった、そっちが、そんな具合やったら、もうこのへんで手を打ちまひょか)

「あんな、今、ちょっと気がついてんけど、名古屋の黒島卯兵衛《うべえ》に売りつけるとおどかしてみなはれ、効果があるかも知れまへんぜ」

(成程、よし、その手で行ってこましたろ)

「ほな、よろしゅう」

（ほな、よろしゅう）

ガチャンと電話を切ると、恭太郎は、芸者に小声でいった。

「すまんけど、俺、ここの裏庭を抜けて帰るさかい、俺の靴、そっと持って来てくれ、奥の間の連中にはもう用がなくなったんや」

待合『滝川』を逃げ出した恭太郎は、戎橋《えびすばし》を渡って難波へ出、汁粉屋の下宿へもどった。

ほっとした気持で、二階へあがると、いきなり、

「ワッ」

うしろからおどかされて、恭太郎はヒェーと声をあげた。町子が隠れていたのである。

「ああ、びっくりした、阿呆」

恭太郎はどなり、しかし、ニヤリとして、久しぶりだね、お町さん、と唄うようにいって、彼女の手をとった。

「一丁、ダンスしようやないか」

「えらい嬉しそうやね」

「ああ、ボカンと大穴が当ったんや、ごっつい金がドカンと入ってくるのやぜ、何買うたろ？」

「いくら程、ドカンと入ってくるの」

「大阪の女は、なんでこうはっきりと金の値段を聞きよるねやろ」

だが恭太郎は、さも楽しそうに、

「なんせ、今は、はっきり見当がつかんけど、阿呆らしいほどの金が近いうち、転がりこんで来るのや、君の親父やないけど、どんなもんじゃーや」

そして恭太郎はペタリと畳に尻を落して坐り、さも嬉しそうにピシャリピシャリ手をたたきながら、

「金が入ったら、まず、田舎の叔父さんに割烹《かっぽう》店を一軒買うてやらんならん、今、周防《すおう》町にええ割烹店の売り店が出てるんや」

「まあ、そんなにお金が入るの」

「あいな、料理屋の一軒や二軒ぐらい何じゃい、とにかく、僕は子供の頃から叔父さんにどえらい世話になっとるさかいな、ここでまとめて恩返しするわけや、そうや、裕子には、ジャズショウを開いて、思いきり唄わしたろ、ジャズ界の新人として売り出したるんや、叔父さん、喜びよるぞ、カッカッカッ」

「あんた、それ、ちょっと、オーバーと違う？」

ふと、恭太郎は常軌を逸しているのではないかと、町子は心配になってきた。田舎にいる従妹の裕子を呼んでいきなりジャズショウを開き、新人として売り出すなど、そんなことが素人に出来るわけはない。

「何いうてんねん、世の中に、金で出来んことがあるもんか」

まあ、ちょっと、みとれ、といって恭太郎は、卓の上の電話へ手をのばした。関西会館へ電話するのである。六月の第一日曜日ぐらいがちょうど頃がええな、と町子に話しかけながら、

「六月の第一日曜、昼夜、貸切たのんます、えっ、申込み人の名前でっか、えーと、大崎ジャズプロダクションでんねん、ええ、そら、聞いたことおまへんやろ、今日、創立したんでっさかい、よろしゅうたのんますわ、一週間以内に会場費持っていきますわ」

といって、電話を切るのであった。

彼が突拍子もないことをやるのは今にはじまったことではないと思うのだけれど、町子は、やっぱり、狐につままれたような気分で、妙にいきり立っている恭太郎をぼんやり見つめていた。そこへ、

「ごめん下さい」

と二階へ上って来た者を振りむき、恭太郎も町子も、おや、とばかり眼を見張った。

「なーんだ、鳥井君やないか、君も大洋製紙の一行といっしょにこっちへ来とったんか」

町子も、お久しぶり、とちょっとあらたまった態度で頭を低くする。

「僕は、今、大阪へ着いたところなんですが……」

耕平は、偶然、その場に町子が居あわしたことに一瞬たじろいだようである。わざとらしく冷淡な表情をつくり、

「ちょっと、町子さん、席を外してくれませんか」

と開き直った口調でいうのであった。

「おいおい、一体、どうしてん、久しぶりに逢ったというのにえらい固苦しいことというやないか」

恭太郎は笑ったが、町子は神妙な物腰でハンドバックをかかえ、まあ、ええやないか、という恭太郎に首を振って見せ、

「ほな、さいなら」

と階段の方へ歩いていく。恭太郎は仕方なさそうに苦笑いして、ふと階段の降り口でこちらを見た町子にウインクするのであった。

「大洋製紙株、単価の問題です」

町子が姿を消しても耕平は四角ばった態度をくずさず、ただちに用件を切り出すのであった。

「なんや、君もその話で来たんか、それで、彼らの相談はどういうことになったんや、六百五十円に決着したか」

「大崎さん」

と耕平は悲痛な声を出すのである。そして彼は、たて板に水を流すようにしゃべり出した。いかに大洋製紙は今、軌道に乗りかかっているか、それをどういう魂胆で米花一味が買占にかかり出したか、つまり、米花一味は、大洋製紙が成立当時買ったべらぼうな安値の北海道の土地などが財産目録に評価されているのを知り、乗っ取った暁には、ただちに大洋製紙を解散、財産を処分、大株主に莫大な解散配当をつけるという悪らつ非道な手段を考えているのだと必死に語りつづけるのである。今朝から、耳にたこが出来る程、聞かされつづけていることなので、恭太郎は嫌気がさしたように体をもたもた動かしはじめた。

「たとえ、私達の方へ株を譲渡は出来ないとしても、米花の方には絶対、譲渡しないで下さい」

と涙を流さんばかりに耕平はいうのであった。

「大崎さん、お願いです、僕の顔を立てて下さい」

恭太郎は眉をしかめ口をとがらして耕平のいうことを聞いていた。

「よっしゃ——といいたいが」

恭太郎は、ニヤニヤ笑いはじめる。

「普通のことならともかく、こういう商売に関しては、僕は一歩も譲らん主義や」

そして、恭太郎は床の間のウイスキー瓶とグラスをとってくると、まあ、一杯やれよ、とグラスを耕平に渡した。

「なあ、鳥井君、勝負というものは、どちらかが勝って、どちらかが負ける。つまりやな、強い方が勝って、弱い方が負けるということになってるのや、僕の見た眼では、今度の攻防戦は、あきらかに金の力がある米花一派の勝や、二、三の忠義者が、必死になって挽回策を講じてみたところですでに決した大勢はいかんともなし得ない。結局はほろびてしまう彼らに僕が義俠心《ぎきょうしん》を起したところで、なんにもなるかいな、勝負という常識を超越したところではやな、人情心を出すのは規則に反することになるんや、君はいつか、俗悪な精神に徹するつもりやというたやろ、その精神に本当に徹するつもりやったら、もう、くそにもならぬ会社にしがみついて自分のケチな顔を売ろうなんて考えたらあかん、ほろびるものははっきり見切ってしもうて、米花側へ走れ」

「米花側に」

耕平は頭を垂れて恭太郎のいうことを聞いていたが、ふと顔をあげた。

「米花製紙の社長に、君の面倒を見るよう頼んだる。株券の受渡しをするとき、社員一人の将来を見てくれるよう条件を出すわけや」

耕平は、またうつむき加減に眼を伏せるのであった。米花製紙、米花製紙、と胸の中でくりかえしているのである。事実、米花製紙は、その規模において大洋のそれよりも数等上である。将来性や見栄ということから考えても、米花製紙に入社出来れば、これに越したことはないと奇妙なことに耕平は、つい今まで、大洋製紙の浮沈に関して心を砕いていた筈なのに、ふっと新たな甘い期待と夢が胸にほのぼのとこみあがってくるのである。

恭太郎は、つけくわえて、こういった。

「こんなことというては、悪いかも知れんが、君の妹さんも村瀬という専務と、この際、縁を切らした方がええことないか、もう、彼も底が見えてるのやさかい」

株式ギャングといわれる名古屋の大相場師黒島卯兵衛に大洋株を引受けさせるべく、相談を持ちかけるのだとおどかすと、効果てきめんで、米花国之進は六百三十五円の単価で、大洋製紙九十万株を引取ることに手を打った。それで、ようやく、もめぬいた株価の折衝も解決し、長い間の米花、大洋の激戦は終結した。軍配は、乗っ取り側にあがったのである。

四月にはいって、ただちに仮契約を完了、三日後には、天下茶屋《てんがちゃや》の羽黒荘で九十万株の取引を完了したのである。当日は、早くも新聞記者がかぎつけて、どやどやと羽黒荘に乗りこんで来たり、フラッシュをたいたり、それを勝江がどなりつけたりの一悶着《ひともんちゃく》もあって、取引がすむと、勝江も恭太郎もぐったりと疲れてしまった。

大洋製紙九十万株、単価六百三十五円、計五億七千万円あまりの取引である。約一億二千万円の利を得、恭太郎は勝江より、四千八百万円の配当を受けた。こうした二人だけの調印式もおわって、恭太郎はいよいよ、ほっとしたのであるが、急に酸っぱい顔をして舌打ちをした。こうした仕事のために、大学卒業試験を受け損ったのである。また、一年の落第であった。

ふたたび、大学の中に、かつての生真面目なアルバイト学生であった耕平の後継を探さなければならなくなったのである。

——そのかつての生真面目なアルバイト学生、鳥井耕平は、すでに籍を米花製紙会社においている。小酒井専務にわたりをつけて、大洋製紙株式会社を米花製紙へ譲渡した時、彼をだき合せて持って行かせたのである。

勝江は恭太郎に、仕事も一段落すんだんやさかい、どや、二人だけで白浜の方へ二、三日静養に行けへんか、と相談を持ちかけて来たが、なんや、若い燕《つばめ》みたいやからヤンぺや、と恭太郎は断った。

ほんなら、京都のお寺めぐりでもして、頭を静めて今後のことを考えへんかと、勝江はつづけるのだが、それよかまだいろいろと身の廻りのことを整理せんならん、と断った。

「ほんなら、あんた、大穴をもう一発狙わへんか」

と勝江がまたつけ足していうので、恭太郎は眼を輝かした。

「大穴いうたら、わてのことや、どや、わてを一ぺん誘惑してみいへんか」と、半分冗談めかしてウインクをするので恭太郎は身ぶるいした。

――バス、市電、タクシー、宣伝広告の拡声器などが手にとるように聞えてくる難波の下宿で、新しく取りかえた襖に朝日の日ざしが反射するのを、ベッドの中で煙草をくゆらしながら、恭太郎は眼をチカチカさせて眺めている。煙草の煙がゆるやかに環《わ》を作って天井へ動いていくのを、ふっとふきながら恭太郎は五千万近くの大穴を当てた気分をしみじみ味おうとつとめるのだが、なんだかピンとこないのである。五千万円の資産家にふさわしい家に移らなければと思いつつ、金満家に相応した生活態度をとらなければと考えつつ、やはりこうしたうるさい環境の下宿にじっと温まっているところを見ると、想像していた以上の大穴を当ててしまったので、じかに感覚がともなわないのだともいえる。だが、一方、五千万ぐらいの財産など何のことはない。一日百万円使えば五十日間でおわりじゃないかと考えたりし、いくら何でもそんなに使える筈はない、では一日一万では十四年かとニヤリとし、一日千円では百四十年かとぞっとし、こうしてとりとめもなく考えているのだが、大穴を当てたあとの一種の淋しさがじわりじわりと胸にこみあがってくるのだ。

何だ本当の大穴を当てた気分とはこんなものかと激しい精神の興奮が覚めると残るも

のは虚脱した心境である。——と同時に——ちらりと恭太郎は隣を見た。町子が顔をあちらにしたまま、かすかに寝息をたてている。ふっと後悔めいたものが恭太郎の胸を走った。

昨夜、長い間の緊張から解放されたほっとした気分から、久しぶりに町子をさそい、道頓堀の酒場を飲み歩いたのだが、彼女を正体もなく酔わせることに成功したのであった。恭太郎の大成功を心から喜ぶ、といった彼女のスキにつけこんだような強引な飲ませかたをし、自分の下宿へ連れこんでしまったのである。恐らく、彼女は昨夜のことは何も覚えていまい。目覚めて気がつき、どんなにうろたえることかと思うと、恭太郎は、こわいような、こっけいなような、顔をしかめて舌を出したいといった気持であった。

大金を握った感触と、好きな女の肌に接した感触とは、じつによく似ているものだと恭太郎はぼんやり考えるのである。獲物を完全に獲得したあとのやるせなさ——そんなものを、うつらうつらと考えていたが、知ってしまえばそれまでか、とうたうようにい、パッとベッドから跳ね起きた。その勢に、となりの町子はふと眼を開いた。一瞬、ドキンとしたように周囲をキョロキョロ見廻していたが、となりでニヤニヤしている恭太郎の視線に合うと、ハッとし、顔を枕に押しつけてしまった。

恭太郎は口笛を吹きながら、ベッドから降り、オーイチニィ、とラジオ体操などし、服を着るのであった。ソファの上に、昨夜、グロッキーの町子から剝《は》ぎ取った色とりどりの衣類が散乱している。ちらとそれに眼をやってから、恭太郎はベッドの町子に眼をやった。枕に顔を押しあてたまま、彼女はすすり泣いているようである。恭太郎は、ただニヤニヤと作り笑いをしているより仕様がなかった。そして、

「君、処女やってんな」などといい、何だか妙なことをいった気がして、思わず舌を出したが、町子は、歯をかみならして激しく泣き出している。

「泣いたかて、もうすんだもん、仕様がない」と恭太郎はちょっとうろたえていい、今度は四つんばいになってベッドの下に隠してある金庫を取り出すのであった。

(十万円を処女の代償として)と口の中でぶつぶついいながら、十万円の札束を、まるで彼女に人形でも抱かせてやるように布団の中へさし入れるのである。そして、

「えらいすんまへんでした！」と気をつけの姿勢をして号令でもかけるようにいった。

「何やの、これ」

町子は涙にうるんだ眼で札束をちらと見、すぐににらむような眼を恭太郎に向けた。

「そんな、こわい顔、せんときいな、カッ……」

と笑いかけたとき、町子の投げた白い枕が恭太郎の顔に当った。

「服、とって！」

ハイ、と思わずいい、恭太郎はソファの上の町子の衣類を次々とベッドへ運んだ。

「あっち、向いてて！」

生来、勝気であるだけに、だまされて犯されたという気持がやり切れない。昨夜、さあ、お町さん、君の家についたぞ、と恭太郎に肩を抱かれて長い階段を上ったような気がする。自分の家にこんな長い階段がある筈はないがとぼんやり考えながら、とにかく出来たのだろうとそのまま上って行く位、飲み過ぎた自分にも腹を立て、服を身につけると、パッと髪の毛を振ってベッドの中の十万円をとった。

「こんなお金いりません、うち、パンパンと違いまっさかい」と卓の上にポンと札束を投げ出すのである。

「そ、そんなこといわんと持って帰りいな」

「いらん！」

彼女はスカートを振って階段の途中までかけ降りかけたが、すぐかけ上って来て、

「電車賃に百円貸して！」とどなるようにいうのであった。

――ついに彼女は十万円を持って帰らなかった。恭太郎は一人になると顔をしかめ、爪をかみ考えるのであった。何だか泥棒をしたような苦しい気持である。今まで、こんな思いになったことは、一度もなかった。その場、その場でちゃんと金で解決して来たつもりである。町子と半ば暴力的な肉体関係を持ったということには何らの罪の意識はしないが――つまり彼女の肉体に対して充分の代償を支払うだけの財産が現在の自分にはあるからである。今まで町子に対して積極的に出なかったというのも、じつは彼女の

持つ値うちだけのものを支払う予算がなかったからだ。だが、今はある。だが彼女は受取らない。このままだと恭太郎は何だか後味が悪いのだ。割り切れない気持なのである。

「大崎さん、いますか」

階段を上って来たのは、鳥井耕平である。新調らしい背広の襟には、もう大洋製紙でなく、米花製紙のバッチが光っている。

「おう、鳥井君か、どや、今度の会社は？　君はとうとう東京へは住めんようになったな」

「東京でも大阪でも、サラリーマンには変りありませんよ」と耕平はちょっと淋しげに笑い、すぐに形をあらためて、

「その節は、いろいろとありがとうございました」と、慇懃《いんぎん》に頭を下げるのである。

「いいえ、どう致しまして」と恭太郎はニヤリとし、

「それよか君、いま、町子に逢わなかったか」

「町子？　いいえ、町子がどうかしたのですか」

「うん、ちょっとな、妙なことになってもたんや」と、恭太郎は昨夜からの一件について照れくさそうに語り出した。

「そうですか、そうだったんですか」

耕平は口もとではニヤニヤ笑っているが、せっぱつまった眼つきになっていた。しか

し、

「そんなこと、大崎さん、気にすることはありませんよ、金を受取らないのはむこうの勝手じゃありませんか、だけど、大崎さんも変ってますね、どうして女に金をやらないと気がすまないのですか」

「いや、ちゃんと、けじめをつけとかんと俺はなんや気持が悪いんや」

「というと、もし、町子がそれをねたに結婚を申しこんで来たら、迷惑だというわけなんですか」

ウン、と恭太郎は力のない返事をするのである。迷惑という程でもないのやが……と恭太郎は体を左右へゆすぶっていたが、

「なんせ、俺は今、五千万長者やからな、前とはちょっとわけが違う、それ、以前に君にもいうたことがあるやろ、俺は物質の原則で物事を割り切るのや、感情には動かされん」

「それはちょっと虫が良すぎやしませんか、それならどうして町子と関係を持ったのですか」

耕平が、ちょっと語調を強めていったのは、やはり、恭太郎と町子に対する変態的な嫉妬が無意識のうちに胸につきあがって来たからである。

「そやから、俺は金を払うというてんのやがな」

恭太郎もちょっと語気を強めた。妙に場が白けて、突然、恭太郎はカッカッカッと笑い出し、

「なあ、君、すまんけど、君から町子に僕の気持を伝えておいてくれ」

といって、卓の上にそのままにしてあった十万円にもう十万円をつけくわえ、これを町子親娘に手渡してもらいたい、といって耕平に渡すのである。

「渡せとおっしゃるなら渡しますが……」

耕平は酸っぱい顔をして見せ、その札束を懐へしまった。

「そうそう、君の妹さんは、その後、お元気か」

ようやく一つの話が落着いたとして、恭太郎は話題を変えるのだった。

そういわれて、耕平は、今日、ここへ自分の来た用件を思い出し、

「大崎さん、嫌なことが起ったんですよ」

「なんや急に、一体何が起ってん」

「村瀬兼二が自殺したのです」

「なにい」

耕平は、ポケットから、今朝の新聞をとり出して恭太郎の前へ出し、一箇所を指さした。

――元大洋製紙専務、ビルの屋上から飛び降り自殺――とある。防戦買が惨敗におわ

った責任と不眠不休の活動の為による神経衰弱云々《うんぬん》と記事は報じている。村瀬の写真も新聞に出ていた。それが、恭太郎をじっとにらんでいるようで、彼はあわてて視線をそらした。

「そうか、村瀬のおっさん、いてまいよったか、阿呆な奴やなあ」

「村瀬さんもいい人でしたが、気の弱いのが欠点です」と耕平の十八番がはじまった。

「それで君の妹さんは？」

「それをお願いに来たのですが――」

とにかく、一度、妹に逢って話しあうつもりだが、出来れば、もうゴタゴタしている東京に妹をおいておきたくない。こちらで、兄妹揃って暮したいと思っているのだが、妹に酒場の一軒も持たせてやってはもらえぬものかと頼むのであった。

「君も、なかなか、ちゃっかり屋になったなあ」と恭太郎は笑い、「ただし、俺はみすみす損するような投資は一銭でもせん男や、これは君、承知しといてくれ」と意味ありげに笑うのである。

「さあ、時間や」といって恭太郎は立上った。「君、よかったら、俺と今日、つき合わへんか、次の大穴に紹介したるわ、凄い美人やぞ、ローズのジャズシンガーや」

何だか意味がわからず、耕平は眼をパチパチさせた。

「最初は何のことだか、さっぱりわからなかったんだが、今、大崎さんが狙ってるのはローズというナイトクラブで歌っているジャズシンガーなんだから、びっくりするじゃないか、その日、僕も無理やりローズへお供させられたんだがね、なる程、大崎さんが大穴というだけあって凄い美人だ。いや、こんなことは、僕、町子さんにいいたくはないんだよ、いいたくないんだけど、本人がいってくれっていうのだから、仕方がないじゃないか、極端にいうと——どうも、お父さんもいる前で、こういうことというのはなんだと思うけど、生理の対象として町子さんを眺めていたわけだね、だがなかなか、几帳《きちょう》面《めん》な人だよ、町子さんの肉体は二十万円の価値があるとみて、それだけの余裕が出来るまで手を出さなかったんだ。普通では考えられない神経だよ、だから、今、大崎さんが狙っているローズの美人歌手にしても、三十万か四十万か知らないけれど、金を積んでかかっているわけだ。その証拠に、そのシンガーのリサイタルをやる計画をたてているんだね、それも関西会館を借りきるっていうのだから大したものだよ、そして、抜け目がないね、大々的に宣伝して、その美人シンガーをマスコミにのっけて、やがては自分が儲けようという腹なんだ」

耕平がペラペラしゃべるのを町子は額に手をやり、苦しそうに聞いている。順吉は、ポカンとした顔つきで聞いていた。

耕平は、大崎の用事で来たのだが、と前置きして、夕方、順吉のバラック小屋にやっ

て来、上にあがると、これは、お父さんやお母さんにも聞いてもらいたいのです、とい
って、順吉、玉枝、町子を並べて話したのである。
仰々しく父と母まで並ばせて、一体、この男は何をいい出すのだろうと、不安になっ
たが、やはり心配していたことを彼が語り出したので、町子は口惜しさにかたく唇をか
んだ。大崎と自分がどうあったところで、それが、父と母に何の関係があるというのだ
ろう。娘の失敗をわざと両親を並ばせて聞かすなど、なんという残忍な男なのだろうと、
町子は耕平をふと悪魔のように感じ、その場にいたたまれなくなって、さっと立上ると
土間へ降りて下駄をはき、外へ走っていった。だが、耕平は表情一つかえなかった。
「そんな人やないとわいは思いまんな、大崎さんは」
順吉は腕組みしていった。
「そやけど、大崎さんと町子はほんまに……」
関係が出来てしまったのかと玉枝は、やぶにらみの眼を順吉に向けながら耕平に聞く
のであった。
「これが証拠じゃありませんか」
と耕平は、内ポケットから、恭太郎にあずかって来た二十万円の札束をとり出し、
「つまり、これは、お宅らに対する手切金のようなものですよ」
「そ、そんな阿呆な、そんな水くさいことといわはる人やない、大きな金をつかんだら、

もう貧乏人には相手にならんやなんて、そんなことという人やない」

「だが、事実だから、仕方がないじゃありませんか、あの人は、持っている金の額によって考え方も大きく小さく飛躍するんです。これからあの人のねらう大穴は興行だそうです。その第一回が、ローズのジャズシンガー、貴島令子のリサイタルなのです」

勘の悪い人間に噛んで含めるような調子で耕平はいうのであった。

「わいは、大崎さんは町子を愛していてくれはるのやろと思うてた」

と順吉は小さく独り言のようにいった。それを聞いた途端に耕平は、順吉も玉枝もハッとするような大声で笑い出した。

翌月、恭太郎は、桜橋の葉桜ビルの六階に貸事務所を借り、大崎興業を設立した。いわば軽音楽プロダクションで、関西にその種の会社が少ないことに目をつけたわけだが、これに発心した直接の原因は高級ナイトクラブ・ローズで知り合った貴島令子のエキゾチックな容貌、柔軟な肢体に魅せられたからである。

「やっぱり、ジャズの勉強で身を立てよと思うたら東京行かなあきまへんやろな、大阪はスケールが小さいよって」とナイトクラブのフロアで二人が語り合った時、彼女がそういったので、

「そんなことあれへん、大阪でもいけるわいな」

といったことが動機となり、よし、一ぺん、ジャズプロダクションを作ってこましたろ、ということになったのだ。大学を出てもいまだ仕事につけずにいる、もと演劇部の矢田や栗野をそれによって救出してやろうという慈善事業的な気持も湧《わ》いた。

貴島令子なら、近い将来、きっと大穴を当てるかも知れぬぞ、と恭太郎は考えるのであった。第一線に出るチャンスにまだ恵まれぬこうしたナイトクラブシンガーのなかには、かなりの掘り出しものがいる。いわば、額面割れの株券のようなもので、なにかのきっかけをつかんだ拍子に暴騰を起すかも知れないのだ。そうした例はあまりに多い。相場では、充分大穴を当てることが出来たんだから、勝負事は長くやるべからずの原則にもとづいて相場はきっぱり縁を切り、こうした目先の変った勝負事に転向、一発、大穴を当ててやろうと恭太郎は決心したのだ。といっても素人だから、相談役として、現在数人の芸能人のマネージャーをしている者、二、三人をひき入れ、その大崎音楽興業発足式を兼ねた第一回ジャズコンサートに貴島令子と従妹の裕子を新人として大きく使うことにしたのである、がこれは恭太郎の個人的発案で、玄人社員の一人は、第一回目の番組としては弱いし興行的にも危険である、それに裕子など田舎からぽっと出の山猿を使うなど、もの好きにも程が……あるという前に恭太郎から馘《くび》を宣告された。

恭太郎は社員達にいった。

「損して得とれ、ということがある。最初から、興行的にどうとか、ポスターヴァリューがあるとかないとか、そんなことにびくびくしとったらあかん、勝負や、すべからく人生は勝負事や、オーソドックスに対抗し、アンデパンダンでのぞむ、古きを捨て、新しきをとる、こら女にも通ずるこっちゃ、カッカッカッ」

何だかわけのわからぬことをいい出したが社長のいうことなので、矢田も栗野も、ウンウンと腕組みして聞くのであった。

――ある日、社長の大崎よ、叔父さんが来たぞと栗野がいうので、廊下に出てみると、紋付羽織姿の幹造が手にこうもり傘とボストンバックをぶら下げて立っていた。隣にいるのは、茶色のベレー帽をかぶり、スラックス姿の裕子であった。

「お前に手紙をもろうて、わしもようやく決心がついた」

幹造はついに家内と大衝突、家出をして来たというのである。

「僕は裕ちゃんに手紙出したんですよ」

恭太郎が苦笑すると、

「裕子はコブツキじゃ」といって、ウェヘヘへと笑い、

「わしの人生はこれからじゃ、お前のようにわしもかならず大穴を当ててやるから、まあ、見とれ、資金はお前から送金してもろうた二十万円だけじゃが」

「ああ、そやそや」

恭太郎は以前相場が当れば、叔父さんに割烹店の一軒ぐらい買ってやる気であったこ

とを思い出した。だが、妙なことに予想以上の大金が手に入ったのに、急に割烹店など買ってやるということが馬鹿々々しく思われ出すのである。無駄な投資に金は使いたくないのだ。今の手持金を雪だるまのようにどんどんふやしていきたい。

「ああ、そやそや、――叔父さんは川魚料理をやりたいのやったなあ、そら場末でよかったら、二十万円ぐらいで権利買えまっせ、今の仕事がおわったら、どっか探したげまっさ、なんせ、今、新人つこうて一か八かの興行バクチやるとこでっさかいな、もう日もないさかい、ちょっと、とりこんでまんねん、まあ、ゆっくり大阪見物でもして下さい」

と恭太郎はいい、

「おい、栗野君、君は叔父さんを旅館へ案内したげてくれ、おい矢田君、君は裕子さんを八幡町の音楽研究所へ連れて行ってくれ、ええか、裕ちゃん、僕は君の唄、うまいのか下手なのか、ちっともわからんねん、ガラガラ声やったら、ジャズはええのやと人がいうから、僕もええのやと思うて君を使うのや、絶対に会場は満員にしてみせるさかい、がんばらなあかんぜ」

裕子は眼をピカピカさせて、威勢よく、ハイ、と答えた。

「裕子なんて、名おかしいな、そや、芸名、大穴アテ子でいこ」

「大穴アテ子?」

矢田と栗野が奇妙な顔をした。

卓上の電話が鳴ったので、恭太郎はそれじゃと幹造に手をあげて中へ入って行った。

その彼のうしろ姿を見ながら、矢田が幹造にいった。

「どういうわけでっしゃろ、あいつ、相場で大穴を当てくさってから、人間がコロリと変ってしまいましてん、なんや、ちょっとケチくそうなりよりました。前はあんなことなかったんやが……」

だが、幹造は、ウェヘヘへと笑うのである。

「そんなもんですわ、勝負にのぞめば親もなければ子もないという心境に入らな、一発ガンと当てることは出来まへん」

——電話の声は、花岸勝江であった。

「なんや、おばはんかいな、えらい久しぶりやな」

(お宅、近頃、えらい御出世しやはりましたな)

皮肉たっぷりないい方であった。大穴を当てた祝賀会をどこどこの待合でやろうとか、料亭でやろうとか、前より再三勝江からいって来たのだが、恭太郎は、今、別の仕事を計画中で忙しいといつも断りつづけていたのである。それを恨みに思って、勝江はとがったいい方をするのかと恭太郎は、

「おばはん、今、こっちは、ものすごう忙しいねん、なんせ、おれにとってははじめての仕事やさかいな、慎重にやってるねん」

（そら、よろしおまんな）と、とげとげしい口調で、

（人間てそんなもんやないやろ、え、大将）

「何をおばはん、むくれてるねん」

（昨日、沢田の順さんが、わてのとこへ来て、あんたが町子はんにとった仕打ちを聞かしてもろてん、えらい、ええことしたらしいな、それでチョンにして、今はナイトクラブの唄うたいのケツおしてやってんのんか、そら、おもろいやろ）

恭太郎は、ニヤニヤして聞いていた。

（一応、これまで苦楽をともにして来た仲間やないか、なんぼ相場以外の仕事をやるいうたかて、何も手切金つきつけることないやろ、それも自分が行くなら、ともかく、烏《からす》天狗《てんぐ》みたいな鳥井に持って行かすとは何や、ああいうことしたかぎり町子はんと結婚しなはれ）

「今、おれは、貴島令子と仲良うやってまんねん、これすなわち物質の法則や」

恭太郎はカッカッカッと笑った。今さら、古いものに未練があるものかと心の中でくりかえしながら。

（ようも、はっきり吐《ぬ》かしやがった、覚えとれ）

と勝江のすさまじい声は受話器の中から飛び出して来そうである。ガチャンと受話器をおいた恭太郎は、何吐かしくさる、と吐き出すようにいい、

「さあ、みんなはりきってや」と手をたたいて事務所の中をぐるぐる廻った。

関西に誕生した音楽興業会社だから関西の有名楽団だけを出演させようということになり、迅速にキャバレー、ナイトクラブの各楽団を交渉して廻り、三つのフルバンド、四つのコンボバンドに出演契約を結んだ。

久宝寺町の佐久間音楽研究所では、裕子が、いや二週間後の大穴アテ子が、髪の毛をオールバックにした先生のピアノの横に立ちガラガラした声を出して発声練習をしている。

さあ、これから最後の宣伝に入ろうとした時、一同、アレッ、と眼を見はった。あちこちの盛り場の電柱などに東京有名楽団大挙来演の馬鹿に大きな、けばけばしいポスターが張りめぐらされているのである。驚いたことには、その出演日が、関西側と同じ十日、それに、会場が関西会館とは眼と鼻のさきの中外ホールであり、何と入場料がわずかの五十円、何しろ出演バンドが東京一流であるから、こちらの受ける被害は甚大なものだ。だが、待てよ、と恭太郎は考えた。五十円というのはあまり無茶苦茶に安い入場料だから、インチキではないかと早速東京のジャズプロダクションへ問い合せて――驚

いた。看板に偽りなしで、宣伝されている東京のバンドは全部、ある人の依頼でこちらの者がマネージメントし、中外ホールでジャズコンサートをやることになったのだという。よりにもよって、こちらが華々しい第一回コンサートをやろうというのに、とんでもない奴がいる者だと、一体依頼した奴は誰や、と聞いても向こうでははっきりいわず、そのうち、ハッと恭太郎は気づいた。「あのババや!」

花岸勝江が、恭太郎の興行にケチをつけるべく、わざわざ高い金を投げ出して東京側の楽団を呼び、損得は無視し、ただじゃまするだけが目的の興行を近くの中外ホールでやりはじめたのだ。関西会館の入場料は二百円、中外ホールの入場料は五十円とあっては、一般客の足はどちらに向くか火を見るよりあきらかである。

「がんばってや」

恭太郎はそれでも勝算ありと見てか、社員達を激励、カッカッカッと笑うのである。

三十人あまりのアルバイト学生をやとい、飯の食う間も惜しんで宣伝に走った。梅田、上六、心斎橋、道頓堀などの盛り場の通行客に宣伝用のチラシをくばって廻るのである。そのすぐ近くを一流ジャズプレイヤーここに集結、と布の腹帯をしめた東京側のトラックがマイクでやかましく通行客に呼びかけながら通過していく。マイク放送がすむとトラックの上にしゃがんでいた宣伝用の演奏者達が、さっと立上り、騒々しくデキシーランドジャズの演奏をはじめるのである。

夜になると、大阪方は、人の寝静まる頃を見計らい手に手にポスターをかかえて四散し、東京方のコンサートポスターが張ってあるところを探して歩いて、それをひきちぎり、足で踏みにじって、大阪側のコンサートポスターをその場へペタリと張るのである、が東京側の宣伝部の中にもつわものがいるらしく、次の日にはちゃんと大阪の上へ東京のポスターがペタリと張りつけてあった。とくに不良少女が多いという女学校に目をつけ、その近くの電柱にポスターをはった。

恭太郎は大崎音楽興業事務所の廻転椅子《かいてんいす》に腰かけ、足を机の上へどっかと乗せ、煙草の煙を天井へ吹きあげていた。

今日は六月の十日、すべて音楽会の準備は完了し、あとは丁と出るか半と出るか、賽の目を待つだけだ。今朝は早くから矢田も栗野も関西会館の方へつめかけ、舞台進行、照明、場内整理、表口受付にいたるまで、かいがいしく指揮している筈である。

もう打つだけの手は打ったのだから、あとはなりゆきにまかすだけだと、恭太郎は、もうすべての社員達の奮闘にゆだねて、ほっとした気持で事務所に一人一服しているのだ。

恭太郎は、大きなあくびをした。

こうして一切の組織的活動が終った現在、恭太郎は、快い酔心地《よいごこち》が次第にさめていく気配を感じるとでもいった一種の幻滅を覚えるのである。仕事の結果は、どうともあれ、こうして緊張がほぐれて起るわびしさは、何であろうかと先程から考えているのだ。ああ、何か面白いことをやりたいと恭太郎は胸の中でくりかえしている。つまり、こうした同じ仕事をくりかえしたくないのである。もう、これはこれでわかったんだ、一体、次には何をやろう、まもなく、貴島令子も手中に入るであろう、彼女に変るべき次の女は——ふと、鳥井耕平の妹のことが脳裡にちらついた。水商売をやりたいといってたが——そこで、恭太郎は酒場などは一体、どれくらい儲かるものなのかと頭の中で計算しはじめた。一日に一度はこんな具合に算盤をはじいてみないと何か忘れものをしたような気に、近頃、恭太郎はなっている。

足で床をけり、廻転椅子といっしょにぐるぐる体を廻していた恭太郎は、ふとドアを開けて入って来た人物を見て、

「おや、これはこれは」

ニヤニヤ顔をくずした。花岸勝江であった。お召とか結城《ゆうき》とかいうのであろう。キラキラするような盛装で、左手のダイヤモンドの指環をピカピカ光らせながら、

「久しぶりだんな」

そして、すぐ廊下の方へ首を戻して、

「順さん、町子はん、入って来なはれ」

嫌がる者を無理に連れて来たらしく、「ぐずぐずせんと入って来ィな」と勝江は順吉と町子の手を取るようにして中へひき入れた。

「ヘエ、お久しぶりで」と順吉は、ペコペコ恭太郎に頭を下げる。

町子は、壁にはられたポスターなどぼんやり見つめていた。ふと哀愁的な彼女の横顔に恭太郎は懐しさを感じたが、一方、この忙しいのに何しに来たのだろうと腹立たしいものも起るのである。

「今日、お宅が主催しやはるジャズを三人で見せてもらいに来ましてん、どないだす、景気は？　切符はよう売れてまっか、なんや東京のがめついジャズ楽隊が中外ホールで今日やるそうだっけど、えらい迷惑なことしよりまんな、客足も大分むこうにとられまっせ、なんせ、前売券、全部売切れいうことでっさかいな」

自分が黒幕のくせに、何を人ごとのように吐かしやがると恭太郎は苦笑した。そこへ電話である。受話器をとると矢田の声であった。

（大変やぜ大崎、ものすごい客や、会館のまわりなんか、お前、車が通れん程の人間が埋まっとるねや、開場したら、客が、ワアーと声あげて表口に突進して来よってな、なんせ、なぐりこみみたいな騒ぎやぜ、こら一体、どういうわけやろ）

矢田の声は、たしかに興奮のためか、うわずっている。関西会館の玄関口などは殺到する客と受付係がおたがいに気持を顚倒《てんとう》させてしまって、なぐりあいがはじまり、警官がかけつけるという事態までひき起しているというのである。とにかく早く来い、と矢田はいった。

恭太郎は、ニヤリとして、ふと勝江の顔を見ながら、受話器にむかって、

「大穴が当ったな」といい、カッカッカッと笑った。

矢田はさらにつづけて、

(それからな、お前、わけがわからんことがあるのや、中外ホールの方には、パラパラとしか客が入っとらんというこっちゃ。おい、こんなけったいな話ってあるか、中外ホールの前売券はほとんど売切れという話やのにほんまに、こらおかしいぜ)

「ヘエー」と恭太郎は感心した声を出し、わざと勝江の顔を見ながら、聞こえよがしに、

「ほうか、中外ホール、全然、人が入っとらんのか、ほうか、フーン」

まあ、がんばってやってくれ、俺もすぐ行くから、といって恭太郎は電話を切った。

そして、

「中外ホールはえらい客入りが悪いそうや」

とニヤニヤして、勝江の顔を見た。

合点がいかぬという顔つきで勝江は首をかしげるのである。

恭太郎は机の下から大きなトランクをひきずり出した。

「ちょっと、順さん、手伝うてんか」

順吉は、ヘエヘエといいながら、恭太郎といっしょにトランクを机の上に持ちあげた。トランクの蓋を開けると、中にぎっしりつまっているのは中外ホールのジャズコンサート前売券である。

「あっ、それは」と勝江はびっくりした顔をする。

「買占に成功ですわ」

と恭太郎は、奥から古い火鉢を持ち出して来て、新聞紙をまるめて中へ敷き、マッチで火をつけると、順吉にトランクの中の切符をこの中へ投げこむよう頼んだ。

恭太郎は、アルバイト学生を動員してプレイガイドで発売された中外ホールの入場券を買占めていたのである。昼の二千枚、夜の二千枚の計四千枚が前売りされたうち、二千八百二十三枚の買占に成功したのだから、東京側の演奏会を乗っとったことになる。客達の中には東京側を聞きたくとも、切符がとにかく売り切れているんだから、しかたなしに貴島令子達の方を買った者もいるだろう。

「買占という手があったか」

舌打ちして、どんどん火鉢の中へ投げこまれ燃えつづけている東京側ジャズ演奏会の入場券を勝江は見ていた。

だが、すぐにキッと顔をあげて、

「まあジャズみたいなもん、どうでもええわいな、それよか、あんた、町子さんのこと

「……」

「くどいことといわんといてくれ、俺、今、忙しいのやさかい」

恭太郎は、不快そうにいって、トランクの中の入場券をわしづかみにし、たたきつけるように火鉢の中へ投げこんだ。

順吉は一瞬びっくりしたように恭太郎の顔を見、急に力が抜けたように入場券を火鉢の中へ投げこんでいる。

「おばさん、そんなこと、この人に絶対、いわんといて頂戴」

と町子は怒ったような顔で勝江を見つめた。

もう二度と恭太郎に逢うものかと決心したのに、わての顔を立てると思うて……という勝江に強引にここへ連れて来られたのである。ほどこしを受けにここまでやって来たように恭太郎に思われているのだと思うと、カッとなり、さあ、お父さん、行きましょう、としぼんだように首を垂れ、面目なさそうに入場券を破っている父親の手をとった。

「さあ、行きましょう、お父さん！」

恭太郎の方には一べつもせず、表へ出ようとしたが、ふと彼女は立ちすくんだ。

いつの間にか、背の高い男が、扉口を背にして立っているのである。水色のソフトをかぶり、小格子縞のグレイの背広を着、黒眼鏡をかけている。

「てめえがここの社長か」

と恭太郎にむかっていい、その愚連隊めいた男は、ポケットに入れていた手を出した。

「アッ」

勝江が大声で叫び、町子も順吉も恭太郎もドキッとして顔から血がひいた。

男は黒く光るピストルを握っているのである。

「何もいわずに百万円の小切手をかきな、てめえも随分、罪なことをしたもんじゃねえか」

恭太郎は興行界に巣くうタカリやユスリのことは聞いているので、さして驚かず、黙殺したようにトランクの後かたづけにかかろうとしたが、

「やい、なめるな！」

と、男は恭太郎にむかって、ピストルをつきつける。

「てめえは大洋製紙の村瀬さんが自殺したのを知ってるだろう。村瀬さんばかりじゃねえ、大洋製紙がつぶれて、路頭におっぽり出された人間はどれ程いるか知れねえんだ、おれだってその一人なんだぜ、やい、これというのもてめえと花岸という鬼ババが悪どい儲け方をしやがったおかげだ。罪ほろぼしに百万円、おとなしく出しな」

隣に棒立ちになっている大柄な和服の女が花岸勝江であることをこの愚連隊は気がつかない。

「鬼、鬼ババとはなんやねん」

勝江は大声でどなった。

強迫者は、ビクッと体を動かしたが、すぐ、

「てめえが花岸勝江だな、こいつはちょうど都合がいいや、さあ、てめえも命が惜しかったら百万円、二人揃って二百万円」

「なにいうてけつかる」

勝江は、吐き出すようにいい、

「お前みたいなチンピラにゆすられる花岸勝江と思うてくさんのか、馬の小便で顔でも洗うて来くされ」

「な、なにを」

強迫者は、思いなしか顔は青ざめ、ピストルを持つ手は小刻みに震えている。

「奥さん、そんなことというたら、あきまへん」

順吉は、いたずらに強迫者を高ぶらせているような勝江を制するのだが、

「こ、こんなチンピラにかかわっとったら、きりあるかい、時間が惜しい」

順吉は、ふと壁の時計を見た。まもなく関西会館における大崎音楽興業第一回ジャズコンサートがはじまる。こんな愚連隊に主催者の大崎が閉じこめられて出かけられないと思うと、順吉もそれが頭にカッと来て、

「大崎さん、もう時間ありまへんぜ、はよ、会館の方へ出かけておくれやす、こんなチ

ンピラわいにまかしときなはれ」

そして愚連隊にむかい、

「おい、チンピラ、わいが相手になったる」と、床の上のビールビンをとりあげた。

「お父さん、お止《よ》しなさい」

「順さん、止めなはれ」と今度は勝江の方があわてた。

だが、順吉は、猪《いのしし》のように愚連隊に飛びかかって行った。

その勢いに、愚連隊の方もかっと逆上してしまった。

ガーンと一発、銃声。キャーッと町子の悲鳴。恭太郎も勝江も頭の血がスーッとひいた。

順吉は脇腹をおさえて机の上にうつぶす。どさりと床に体を落すより先に愚連隊はドアを突き破るように開けて逃げ出した。

それを恭太郎は追いかけようとしたが、脇腹をおさえて机の下にうつぶしている順吉のもとへもどった。

「順さん、順さん」

勝江は、順吉を抱き起そうとする。恭太郎は、救急車に電話する。

町子は、順吉の脇腹から流れる血を見て、気が狂ったように、

「お父さん!」

〽ビーバップルーラ、シイスマイベービィ
気が狂ったようにステージでうたうのは裕子だ。

わあーッとあがる歓声、キャーとあがる嬌声、ゴーゴーゴーと半分腰を浮かせてリズムをつける若い観客。

立錐《りっすい》の余地もなく、会場をぎっしり埋めて大衆は、叫び声をあげるだけではあき足らず、ついに、ステージで全身をゆり動かす大穴アテ子のリズムにあわし、ドンドンドンと床を足でけりはじめた。それが次第に津波のような地鳴りとなり、会場全体が、ゆり動くようである。

一番前に陣取っているティンエイジャーはステージにしがみつくようにして、大穴アテ子に花束やテープを投げつけているのだが、これは皆、恭太郎の案で、やとい入れた一日三百円のサクラである。だが、その中に紋付の羽織を着た六十ぐらいの男が、同じようにステージにむかってテープを投げている。そして、ワアワアと騒ぎ立てる周囲を眺めて、ウエへへへと笑っていた。

舞台裏をかけずり廻っている係員達も、得体の知れない魔物に追いまくられているようでむやみに上手から下手へとうろつき廻っている。

舞台のすそには、矢田と栗野が、舞台せましとうたいまくっている大穴アテ子をあきれたように見入っていた。

そこへ、ひょっこり、恭太郎が現われた。びっくりしたように栗野が、

「一体、今まで何しとったんや。主催者が遅刻するちゅうことがあるか」

と、周囲が騒々しいので、どなりつけるようにしていったが、ふと、

「お前、顔色がえらい悪いぞ」

と、青ざめている彼の顔つきに気づいた。

「大崎さん、おめでとう」

うしろから、恭太郎の肩をたたいたのは鳥井耕平であった。

「大穴ですね、大崎さん、また見事に当てましたね」

ニコニコしながらいう耕平の横にいる和服姿の女は彼の妹の京子であった。村瀬に亡くなられてふと、やつれたようで、端正な容貌に悲哀のにじんだ美しさをキラリと光らせている。彼女は何か兄にいい含められているらしく、

「おめでとうございます」

と、これも恭太郎に頭を下げるのであった。

ウンウンと恭太郎は、彼女の弱々しい眼差《まなざ》しをぼんやり眺めてうなずいた。

そこへ、大崎さん、回生病院から電話です、と、アルバイト学生の一人が、知らせに来た。電機室横の受話器をとると、勝江であった。

(あんた、順さんが、順さんが今、死んだ)

と、すすり泣いている。

(か、可哀そうにあんた、最後にドテッ腹に大穴あけられて死んでまいよった)

ひきつるような涙声で勝江は笑うのだった。

「そうか、順さん、死んだか」

恭太郎は、魂がぬけたようにうつろな声を出した。救急車へ運ばれた順吉は、いっしょについて病院へ行こうとする恭太郎に、わいにかまわず会場へ……を叫びつづけたのである。

(なあ、あんた町子さんのことたのみます、あの子にしたらもうあんた一人が……)

ガチャンと電話を切ると恭太郎は、しばらくぼんやり前の壁を眺めていた。涙が頰を伝わって一しずく流れたがさっとそれをふくと、すぐに舞台の方へひきかえした。

舞台の方では、いよいよ最後の佳境に入って来たところらしく、大穴アテ子は、何かがのりうつったように白眼をむき、体をくねり出し、声をしぼり出すようにしてうたっている。

恭太郎は、しばらく、真赤な眼をこすっていたが、急に口に手を当てて、

「大穴アテ子!」

とどなり、ヤァヤァといって、リズムにあわせて、手をたたきはじめた。

ワァーキャーと場内からも最後の喚声がすさまじくまき起った。

『大穴』復刻に際して

この『大穴』という小説は昭和三十二年の九月に五月書房に依頼されて書いたもので、執筆した当時の私は二十六歳になったばかり、まだ小説の書き方もろくに知らなかった若造であった。私の団鬼六というペンネームなど誕生しておらず、この時は本名を使っていた。

また当時、自分が将来、ＳＭという異常小説界に進出していくなど夢想だにしていなかった。

この『大穴』が出る前、『宿命の壁』という著作を同じ五月書房から出版している。これは文藝春秋のオール讀物新人賞に応募して佳作になった『浪花に死す』と入賞した『親子丼』に書き下ろしの短篇三本を加えてのもので、もともと作家志望でない私が何で当時、小説を書いていたのか不思議に思うのだが、大学を出ても就職が決まらずブラブラしていた頃でそれは退屈しのぎみたいなものであった。

その頃、文藝春秋の元編集長であった香西昇氏の知遇を得て、『宿命の壁』の出版をすすめられ、五月書房の社長を紹介されたのである。そして、作家、火野葦平、梅崎春生、濱本浩氏達の推薦を受け、文春クラブでこの処女作『宿命の壁』の出版記念会を開く事になった。

もし、私が作家志望の文学青年だとしたら実に幸せなスタートを切ったといえるだろう。

私は青春時代の思い出として『宿命の壁』を出版したあと、二度と小説を書くまいと思っていた。また、最初から当てにはしていなかった事だが、処女出版本『宿命の壁』は売れなかった。三千部発刊して半分が返本という惨敗であった。

もう二度と出版など考えないつもりで、私は当時、夢中になっていた商品相場の勉強に腰を入れ出していた。私の夢はいっぱしの相場師になる事であった。

そんな私に五月書房の社長が次回作の書き下ろしを注文して来た。私は断固として断った。私はもう小説を書く自信もないし、以前のように大返本を喰らって出版社に損害を与える事に忍びないといった。私みたいな売れない素人作家を二度も立て続けに起用するという五月書房の神経は理解出来ぬともいったのだが、これは出版社の都合によるもので、取次店から毎月いくらかの集金を途絶えさせないためには何でもいいから出版しなければならない。つまり、出版社の自転車操業のため、私を利用しようとしているだけの事で、五月書房は社長以下社員までやって来て粘り出すのである。しかも、長篇、書き下ろし、執筆期間は四日間という無茶苦茶な条件を突きつけて来た。私は逃亡を計ったが五月書房につかまって山の上ホテルへ缶詰を喰わされた。題材は何でもいい。私が現在、夢中になっている相場の話でもかまわない、と出版社側は無責任な事をいって来た。

それでホテルへ監視つきで缶詰にされ、ほとんど三日間、不眠不休で自棄になって書き下ろしたのがこの『大穴』である。勿論、長篇など書いたのはこれが初めてで途中で頭が朦朧となって、自分で何を書いているのかわからなくなってしまった。安直過ぎて稚拙極まりない小説を書いた事はわかっているから出版されたものを読み返す気にもならず、何となく不愉快な日が続いた。

ところが、この『大穴』が題名通り、穴を当てた事になった。相当な売り上げになったらしい。そこへ来て、日活と松竹から映画化の申し込みがあった。結果、松竹が版権を買いとって、監督・内川清一郎、脚本・菊島隆三で映画化が進められた。これは芳村真理、杉浦直樹のデビュー作品となり、京都の撮影所へ招待された二十六歳の私はこの二人の俳優に、先生、と呼ばれてすっかり緊張した事を覚えている。

次にこの『大穴』はテレビでロート製薬提供でワンクール、放映された。人気急上昇中のクレイジーキャッツが出演した。主人公は植木等が演じていたように思う。

とにかく私としては無茶苦茶な小説を書いてしまったと慙愧《ざんき》の至りだったものが、世間的には成功し、映画の原作料やらテレビの原作使用料やらがしこたま入って二十六歳の私は思わず金持になって驚いたのである。苦労して、日数をかけ、文学を意識して念入りに書いたつもりの『宿命の壁』が商業的に失敗で、四日間の期間で半ば自棄気味で書き飛ばした、いわば恥ずべき作品である『大穴』が大当たりするなど、私は小説というものの概念に疑問を抱いたものだ。

印税やら映画原作料やら受け取るのは嬉しかったが、何だか愚劣なものを平気で売ってしまったようなうしろめたさと不正を行って得た悪銭のような感じがしてこれで得た金を出来るだけ早く消費したくなった。それにはこの『大穴』の主人公・大崎恭太郎のように相場で大穴を狙うべきだと思った。愚劣な小説で得た金は相場に注ぎ込む事にその使途を運命づけられていると感じたのだ。

そして、小説『大穴』のように商品相場、小豆相場の乾坤一擲《けんこんいってき》の勝負に出た。そして、見事に背負い投げを喰わされてしまったのである。『大穴』の印税や映画化料を飛ばしただけではすまなかった。買えば下がり、売れば上がる、という焦燥に駆り立てられるまま、五月書房の社長や知人、友人に商品相場のつなぎ資金を借りまくり、あせりのために眼が見えなくなって来た。最初のつまずきも出来るだけ早く手仕舞っておけば犠牲も大きくならずにすんだのだが、小説のように奇跡を信じてしまって結果は手も足も出なくなる。ああ、駄目だ、もうどうする事も出来ぬ、と唄うように自分にいい聞かせて東京から逃げ出したのは二十八歳ぐらいの時だった。

私の人生のつまずきは小説『大穴』が当たった頃だと思う。それから波乱に富んだ人生を送る事になったのだが、それも小説『大穴』がきっかけを作ってくれたように思うのだ。

あれから四十何年か経ち、角川春樹事務所の中村君がどこで見つけて来たか知らないが、五月書房の『大穴』を持ち出して来て、これを単行本にしたいと粘り出した。私はその内容はほとんど覚えていなかった。小説の書き方を知らない時に書いたものだから恥ずかしいとしかいいようがなかった。だけど、それをホテルに缶詰にされ、三日間、ほとんど徹夜して書いた苦しい思い出と、その後、借金取りから逃がれて東京を脱出、三浦三崎の中学で代用教員をやっていた辛い思い出だけは今でもはっきり覚えていた。

この『大穴』を再び、単行本化する事になったが、大崎恭太郎というギャンブル好きの学生、それが私が青春期、憧れていた人物像であったように思う。この『大穴』には昭和三十二年当時の風俗が随所に現れてくるというのが読み所だろう。大崎は角帽をあみだにかぶった不良大学生で、大学生は角帽に学生服をきちんと着ていた時代の懐かしい話である。ハイボール一杯五十円とか、百円でパチンコ玉を買ったとか、家賃が一万円もする、とか、当時の街の値段相場、大阪市内のメトロ、とか富士とかの大キャバレーや当時流行していたアルサロなど、当時を知っている人が読めば懐かしいかも知れない。酒場女をヘップバーン刈りの女とか、バーテンをカルメンに出て来るエスカミリオの髪型とか、私の好みの時代がかった描写をしているのも懐かしい。そういえばチラと頁をめくった中に肥桶を満載した馬車が悪臭をまき散らしながら工場町を通って行くというのがあったが、昭和三十一、二年ころは大阪市内でもそういう光景が見られたのかと懐かしくなった。つまり、この小説『大穴』は稚拙極まりないが私の青春であったわけである。

団鬼六

解説

末國善己（文芸評論家）

戦後を代表する官能小説作家といえば、ＳＭを広めた団鬼六、失神派と呼ばれた川上宗薫、多彩な変態性欲を取り上げた宇能鴻一郎、ジュブナイルでも大胆なシーンを避けなかった富島健夫らの名前が挙がるのではないだろうか。彼らには、一九三〇年代に生まれた団鬼六、宇能、富島、戦後に大陸から引き揚げた宇能、富島、少女小説を書いた経験がある川上、富島、教師との兼業時代がある団鬼六、川上など幾つかの共通点がある。そして全員が同じといえるのが、一般文芸から官能小説に転じたことである。

団鬼六は、「浪花に死す」が第九回（一九五六年下期）オール新人杯（現在のオール讀物新人賞）の候補作、「親子丼」が第一一回（一九五七年下期）オール新人杯の次席になり、この二作に書き下ろしの短編三作を加え『宿命の壁』（五月書房、一九五八年一一月）を上梓した（すべて黒岩松次郎名義）。また、武芸が得意なお町が盗人の紋七を捕縛したため恩人の娘お絹が紋七の情婦と手下に攫《さら》われ、お町が助けに行く緊縛陵辱ものにして、現在では官能表現としての伝統が途切れつつある女切腹ものの「お町の最期」（花巻京太郎名義。「奇譚クラブ」一九五八年七月号）が、サディズム、マゾヒズム、フェティシズムなどを扱った戦後を代表する雑誌「奇譚クラブ」（一九四七年一一月創刊）の百号突破記念の懸賞募集原稿の入選作になったので、団鬼六は一九五〇年代半ばから商業誌に小説を発表し始めたといえる。なお、代表作『花と蛇』の初回掲載は「奇譚クラブ」の一九六二年八月九月合併号（花巻京太郎名義）である。そして、『宿命の壁』を刊行した五月書房の社長の依頼で書き下ろしたのが、本書『大穴』（初版本の刊行は、一九五八年一二月）なのである。そのため本書からは、一般文芸と官能小説を書きながら進むべき道を模索していた著者の若々しさと葛藤もうかがえる。

角川春樹事務所版『大穴』（二〇〇〇年八月）に付けられた著者の「『大穴』復刻に際して」によると、『宿命の壁』は「三千部発行して半分が返本という惨敗」で「二度と小説」は書かず、「商品相場の勉強に腰」を入れ「いっぱしの相場師」になろうとしていたところに依頼がきた。これは出版社が「自転車操業」をする手段でもあったため、社員も出てきて説得を始める。しかも題材は何でもいいが、「執筆期間は四日間」という無理な条件が付けられていた。承諾した著者は「山の上ホテル」で「監視つき」の

「缶詰」になり、「三日間、不眠不休で自棄になって」完成させたという。

本書をわずか三日で完成させたのは、著者の才能もあっただろう。ただそれだけでなく、大学生の大崎恭太郎と鳥井耕平を描く青春小説、大穴を狙う危険な賭けに生き甲斐を感じる人たちに切り込むギャンブル小説、一九五〇年代半ばの大阪を活写した風俗小説などの要素を併せ持つ本書を書く素養を、著者は十分に身につけていたのである。

著者の父親は滋賀県彦根市で映画館を経営していたが、相場で失敗。著者も、小豆相場に手を出して借金を抱えたことがある。こうした経験があるためか、教師と喧嘩して中学を辞め、女学校に通う許嫁がいるのに芸者との間に子供を作るなど放蕩を続けていた薬種問屋の若旦那・義行を主人公にした「浪花に死す」には、父親の急死で店を継いだ義行が、証券会社で軍需株が大暴騰するとの話を聞き、事業拡大の資金を獲得するため軍需株の買い一本で勝負するエピソードがある。さらに直接的なのは「親子丼」で、客の金で勝手な相場をして北浜の証券会社を追われ、その後も家財を売ってまで相場に手を出している父親と、そんな父親に反発して手堅い職工になるが同僚から借金して父に相場の資金を渡したり、パチンコ屋を経営する女性実業家と組んで相場にのめり込む父に振り回されたりする息子を描く物語は、相場の世界をダイレクトに扱っていた。

著者がわずか三日で本書を書けたのは、オール新人杯に応募した二作をスプリングボードにしたのも大きいように思える。そのことは、豪商の末裔であることを誇りにしている「親子丼」の父親のように、恭太郎の叔父が侠客の「見受山の鎌太郎」が先祖と自慢していたり、父親が相場に失敗して借金が返せなくなった「親子丼」の息子が、相場の資金を集めるため家財道具を売り借りていた部屋を引き払った恭太郎と同じく、大阪新世界のジャンジャン横町（現在はB級グルメが楽しめる観光名所としても有名）に移ったり、相場の手助けをする女性実業家が重要な役割で登場する展開が似ているところからも分かる。なお「見受山の鎌太郎」は、清水次郎長を題材にした講談、浪曲、小説に登場する架空の人物である。一九五〇年代は浪曲が広く親しまれ、村上元三の『次郎長三国志』が人気だったので、当時の読者は著者が遊び心で「見受山の鎌太郎」の名を出したのが理解できたはずだ。また本書が書かれる少し前のジャンジャン横町の賑わいは、坂口安吾「道頓堀罷り通る」（『安吾の新日本地理』所収）に詳しい。

同時代文学との関係でいえば、本書の初版本が刊行された頃は、四国から上京し東京の兜町で株仲買店の小僧になった赤羽丑之助（通称・ギューちゃん）が、成長して相場師になり活躍する獅子文六の『大番』が「週刊朝日」に連載中で、加東大介の主演で東宝で映画化（一九五七年〜一九五八年まで全四作）されるほど注目を集めていた。著者が人気の『大番』を意識していたかは不明ながら、本書もヒット作となる。ただ『大番』と本書では舞台が東京と大阪と、世界観が人情味と非情など対照的なのが面白い。

もう一つ本書を考える上で忘れてならないのは、石原慎太郎のデビュー作で社会現象を巻き起こした『太陽の季節』(「文學界」一九五五年七月号)の存在である。従来の価値観に逆らうかのようにスポーツ、酒、博奕、女遊び、喧嘩など無軌道な生活を送る富裕層の若者たちを主人公にした『太陽の季節』は、高度経済成長期の入口となった神武景気を背景にしており、戦後日本の〝明〟の部分を表現していた。これに対し本書の耕平は、男子の大学進学率が一三パーセントくらいだった時代なので恵まれた方ではあったが、実父が急死し母の再婚相手が学費の送金を止めたため、二年生にして中退の危機に直面しており、好景気とは無縁の〝暗〟を体現しているのである。

教養課目の講義を受けていた耕平は、四年生の恭太郎に声をかけられる。相場で大穴を狙う恭太郎は大学に通う時間がなく、耕平に代返とノートを取るアルバイトを月給一万円、相場の仕事を手伝ってくれたらさらに一万円を払うともちかけてきた。一九五〇年代半ばの一万円は大卒の初任給とほぼ同額なので、現在の貨幣価値だと二〇万円前後になる。恭太郎は詐欺師ではないが、相場に失敗すれば給料がもらえなくなる危険性がある。その意味では怪しい話に乗るしかない耕平の境遇は、所得格差が広がり、将来への希望が見えない現代の大学生が、投資詐欺の被害に遭ったり、危険なアルバイトに手を染めたりする状況に近いものがあるので、六〇年以上前に書かれたとは思えないリアリティを感じるのではないか。現代的にいえば陰キャの耕平と陽キャの恭太郎がコンビになる設定も、今の読者には親しみ易いように思える。

これ以降、物語の展開や結末に言及しているので未読の方はご注意いただきたい。

まず恭太郎が挑むのは、天候で価格が左右されやすく危険とされる小豆の先物取引である。北浜の取引所で五〇万円の売り注文を出した恭太郎は、一時期は相場で大金を稼いだが落ちぶれて予想屋をしている沢田順吉に自宅へ誘われる。順吉は買い注文が多い中で、自分と同じ売りの判断をした恭太郎が気に入ったらしい。順吉にはアルバイトサロン（通称・アルサロ）で働く美人の娘・町子がいて、恭太郎と耕平の町子をめぐる駆け引きは、物語を牽引する鍵の一つになっていく。アルサロは、一九五〇年に大阪千日前にオープンした「ユメノクニ」が第一号とされ、プロではなく、アルバイト感覚の素人の接客が受けて全国に広まった。従来のキャバレーは客のチップがホステスの収入になっていたが、アルサロは保障された日給に指名料の半額程度がプラスされるので、指名を目的にサービスする女性が多く、それもアルサロの人気を高めたようである。

恭太郎と順吉の予想とは裏腹に、小豆相場は買い注文が入るばかりで上がり続ける。失敗を恐れ始めた恭太郎が損切りをして仕切り直すか、このまま勝負を続けるかで迷うところが前半のクライマックスになっていて、息詰まるサスペンスに圧倒された。

続いて恭太郎は、次の勝負の資金を獲得するため、大学の演劇部を使って興行を計画する。演劇部には米花製紙の社長の娘がいて、その持ち物から米花製紙が業績不振の大洋製紙の買収を目論んでいると睨んだ恭太郎は、順吉とは旧知の仲で三つの会社を経営する花岸勝江の協力を得ながら、密かに大洋製紙の株式を買い始める。

明治中期のベストセラー尾崎紅葉『金色夜叉』は、主人公の間貫一が、資産家の富山唯継にくら替えした許嫁の鳴沢宮を熱海の海岸で足蹴にするシーンが有名である。だが二人の別れは序章に過ぎず、許嫁に裏切られた貫一は復讐のため「高利貸《アイス》」になる。そんな貫一に想いを寄せるのが、士族の娘だったが一九歳の時に父が借金を返済できず、高利貸で六〇ばかりの赤樫権三郎の家で働くうちに婚姻関係を結び、権三郎が倒れた後は事業を引き継ぐ満枝である。女性の社会進出が制限されていた時代に実業家として活躍する勝江は、『金色夜叉』の満枝の系譜に連なるキャラクターといえる。

さらに勝江が特徴的なのは、夫以外に恋人がいる富裕層の女性仲間がいることである。性に奔放で「男嫌い」で通っている勝江を「女インポ」といって笑っている女性仲間は、本書の前年に発表された瀬戸内晴美「花芯」の主人公で、長男を産んでから性的な快楽に目覚め、夫以外の男性と関係を持ちコールガールになる園子を想起させる。

高度経済成長期は、男性は外で働き、女性は家事、育児を行う性別役割分業が進み、収入を得る手段が限られた女性は離婚が難しく、夫に従属するようになった。こうした時代に、会社を経営する女性や、平然と浮気をする女性を描いたところには、社会が決めたルールを疑って抗い、徹底して〝生〟を肯定した著者の持ち味も見て取れる。

恭太郎は、就職先として勝江が紹介してくれた靴の紐製造会社の社長と勝江が胴元の賭場で会うことになった。丁半博奕で勝ち続ける恭太郎と負けが込んできた社長が、五〇万円を賭けてサシで勝負するシーンは、正統派のギャンブル小説となっている。だが恭太郎が挑む大勝負は、買収を進める米花製紙と、買収防衛策に走る大洋製紙によって値上がりした大洋製紙株をどちらに、どれほどの高値で売るかの攻防である。

高度経済成長期は、複数の会社が互いの株式を持ち合ったり、中小企業が特定大企業のサプライチェーンになることで保護されたりしていたため、株式の買い占めによる企業買収（特に敵対的買収）は少なかった。企業買収が一般的になるのは、日本企業がアメリカの大企業や土地を買ったバブル全盛の一九八〇年代、反対にバブル崩壊で日本企業が外資に買収された一九九〇年代以降である。著者は企業買収が珍しかった時代に、企業買収の株で大穴を狙う現代的な経済小説のエッセンスがある物語を書いているので、世界的な企業買収家を主人公にした真山仁の〈ハゲタカ〉シリーズなど、最新の経済小説が好きな読者も満足できるはずだ。終盤には、大洋製紙株の買いでは共闘してきた勝江との決別、そして対決も用意されており最後まで目が離せない。

大穴を狙うことに自分を見つけた恭太郎の物語は、父親に勝負師の血を引いているといわれた著者が、博奕を打ち続けた人生を振り返る『蛇のみちは　団鬼六自伝』（白夜書房、一九八五年一二月）、賭け将棋で生計を立てた男の生涯を追った『真剣師小池重明　〝新宿の殺し屋〟と呼ばれた将棋ギャンブラーの生涯』（イースト・プレス、一九九九五年三月）、鬼プロを設立した著者が創刊した「ＳＭキング」を紆余曲折を経て〝伝説〟に押し上げるまでを描いた『悦楽王』（講談社、二〇一〇年二月）などの原点といえるが、それだけではない。時代が変わっても人間なら逃れられない〝色〟と〝欲〟の世界を題材にした本書が、今も古びない普遍性、現代の価値観を先取りした先駆性に満ちあふれていることも忘れてはならない。

本書は一九五八年に五月書房より、二〇〇〇年に角川春樹事務所より単行本として刊行されました。

本文中には、今日の人権意識に照らして不適切と考えられる語句や表現がありますが、執筆当時の時代背景及び作品の文学的価値を鑑み、また著者が故人であることからそのままとしています。

ちくま文庫

大穴《おおあな》

二〇二四年一月十日　第一刷発行

著　者　団鬼六（だん・おにろく）
発行者　喜入冬子
発行所　株式会社　筑摩書房
東京都台東区蔵前二―五―三　〒一一一―八七五五
電話番号　〇三―五六八七―二六〇一（代表）
装幀者　安野光雅
印刷所　中央精版印刷株式会社
製本所　中央精版印刷株式会社

ISBN978-4-480-43933-8 C0193